Learn Polish with Fire and Sword

HypLern Interlinear Project
www.hyplern.com

First edition: 2025, September

Author: Henryk Sienkiewicz
Translation: Kees van den End
Foreword: Camilo Andrés Bonilla Carvajal PhD

ISBN: 978-1-83425-048-9

kees@hyplern.com
www.hyplern.com

Learn Polish with Fire and Sword

Interlinear Polish to English

Author
Henryk Sienkiewicz

Translation
Kees van den End

HypLern Interlinear Project
www.hyplern.com

The HypLern Method

Learning a foreign language should not mean leafing through page after page in a bilingual dictionary until one's fingertips begin to hurt. Quite the contrary, through everyday language use, friendly reading, and direct exposure to the language we can get well on our way towards mastery of the vocabulary and grammar needed to read native texts. In this manner, learners can be successful in the foreign language without too much study of grammar paradigms or rules. Indeed, Seneca expresses in his sixth epistle that "Longum iter est per praecepta, breve et efficax per exempla[1]."

The HypLern series constitutes an effort to provide a highly effective tool for experiential foreign language learning. Those who are genuinely interested in utilizing original literary works to learn a foreign language do not have to use conventional graded texts or adapted versions for novice readers. The former only distort the actual essence of literary works, while the latter are highly reduced in vocabulary and relevant content. This collection aims to bring the lively experience of reading stories as directly told by their very authors to foreign language learners.

Most excited adult language learners will at some point seek their teachers' guidance on the process of learning to read in the foreign language rather than seeking out external opinions. However, both teachers and learners lack a general reading technique or strategy. Oftentimes, students undertake the reading task equipped with nothing more than a bilingual dictionary, a grammar book, and lots of courage. These efforts often end in frustration as the student builds mis-constructed nonsensical sentences after many hours spent on an aimless translation drill.

Consequently, we have decided to develop this series of interlinear translations intended to afford a comprehensive edition of unabridged texts. These texts are presented as they were originally written with no changes in word choice or order. As a result, we have a translated piece conveying the true meaning under every word from the original work. Our readers receive then two books in just one volume: the original version and its translation.

The reading task is no longer a laborious exercise of patiently decoding unclear and seemingly complex paragraphs. What's more, reading becomes an enjoyable and meaningful process of cultural, philosophical and linguistic learning. Independent learners can then acquire expressions and vocabulary while understanding pragmatic and socio-cultural dimensions of the target language by reading in it rather than reading about it.

Our proposal, however, does not claim to be a novelty. Interlinear translation is as old as the Spanish tongue, e.g. "glosses of [Saint] Emilianus", interlinear bibles in Old German, and of course James Hamilton's work in the 1800s. About the latter, we remind the readers, that as a revolutionary freethinker he promoted the publication of Greco-Roman classic works and further pieces in diverse languages. His effort, such as ours, sought to lighten the exhausting task of looking words up in large glossaries as an educational practice: "if there is any thing which fills reflecting men with melancholy and regret, it is the waste of mortal time, parental money, and puerile happiness, in the present method of pursuing Latin and Greek[2]".

Additionally, another influential figure in the same line of thought as Hamilton was John Locke. Locke was also the philosopher and translator of the Fabulae AEsopi in an interlinear plan. In 1600, he was already suggesting that interlinear texts, everyday communication, and use of the target language could be the most appropriate ways to achieve language learning:

> ...the true and genuine Way, and that which I would propose, not only as the easiest and best, wherein a Child might, without pains or Chiding, get a Language which others are wont to be whipt for at School six or seven Years together...[3]

---

1 "The journey is long through precepts, but brief and effective through examples". Seneca, Lucius Annaeus. (1961) Ad Lucilium Epistulae Morales, vol. I. London: W. Heinemann.

2 In: Hamilton, James (1829?) History, principles, practice and results of the Hamiltonian system, with answers to the Edinburgh and Westminster reviews; A lecture delivered at Liverpool; and instructions for the use of the books published on the system. Londres: W. Aylott and Co., 8, Pater Noster Row. p. 29.

3 In: Locke, John. (1693) Some thoughts concerning education. Londres: A. and J. Churchill. pp. 196-7.

Who can benefit from this edition?

We identify three kinds of readers, namely, those who take this work as a search tool, those who want to learn a language by reading authentic materials, and those attempting to read writers in their original language. The HypLern collection constitutes a very effective instrument for all of them.

1. For the first target audience, this edition represents a search tool to connect their mother tongue with that of the writer's. Therefore, they have the opportunity to read over an original literary work in an enriching and certain manner.
2. For the second group, reading every word or idiomatic expression in its actual context of use will yield a strong association between the form, the collocation, and the context. This will have a direct impact on long term learning of passive vocabulary, gradually building genuine reading ability in the original language. This book is an ideal companion not only to independent learners but also to those who take lessons with a teacher. At the same time, the continuous feeling of achievement produced during the process of reading original authors both stimulates and empowers the learner to study[1].
3. Finally, the third kind of reader will notice the same benefits as the previous ones. The proximity of a word and its translation in our interlinear texts is a step further from other collections, such as the Loeb Classical Library. Although their works might be considered the most famous in this genre, the presentation of texts on opposite pages hinders the immediate link between words and their semantic equivalence in our native tongue (or one we have a strong mastery of).

---

1 Some further ways of using the present work include:

1. As you progress through the stories, focus less on the lower line (the English translation). Instead, try to read through the upper line, staying in the foreign language as long as possible.
2. Even if you find glosses or explanatory footnotes about the mechanics of the language, you should make your own hypotheses on word formation and syntactical functions in a sentence. Feel confident about inferring your own language rules and test them progressively. You can also take notes concerning those idiomatic expressions or special language usage that calls your attention for later study.
3. As soon as you finish each text, check the reading in the original version (with no interlinear or parallel translation). This will fulfil the main goal of this

collection: bridging the gap between readers and original literary works, training them to read directly and independently.

Why interlinear?

Conventionally speaking, tiresome reading in tricky and exhausting circumstances has been the common definition of learning by texts. This collection offers a friendly reading format where the language is not a stumbling block anymore. Contrastively, our collection presents a language as a vehicle through which readers can attain and understand their authors' written ideas.

While learning to read, most people are urged to use the dictionary and distinguish words from multiple entries. We help readers skip this step by providing the proper translation based on the surrounding context. In so doing, readers have the chance to invest energy and time in understanding the text and learning vocabulary; they read quickly and easily like a skilled horseman cantering through a book.

Thereby we stress the fact that our proposal is not new at all. Others have tried the same before, coming up with evident and substantial outcomes. Certainly, we are not pioneers in designing interlinear texts. Nonetheless, we are nowadays the only, and doubtless, the best, in providing you with interlinear foreign language texts.

Handling instructions

Using this book is very easy. Each text should be read at least three times in order to explore the whole potential of the method. The first phase is devoted to comparing words in the foreign language to those in the mother tongue. This is to say, the upper line is contrasted to the lower line as the following example shows:

Tu	namiestnik	popatrzył	uważnie	na	leżącego	męża.
Here	(the) lieutenant {porucznik}	looked	attentively	at	(the) lying (the prostrate)	man

The second phase of reading focuses on capturing the meaning and sense of the original text. As readers gain practice with the method, they should be able to focus on the target language without getting distracted by the translation. New users of the method, however, may find it helpful to cover the translated lines with a piece of paper as illustrated in the image below. Subsequently, they try to understand the meaning of every word, phrase, and entire sentences in the target language itself, drawing on the translation only when necessary. In this phase, the reader should resist the temptation to look at the translation for every word. In doing so, they will find that they are able to understand a good portion of the text by reading directly in the target language, without the crutch of the translation. This is the skill we are looking to train: the ability to read and understand native materials and enjoy them as native speakers do, that being, directly in the original language.

Tu	namiestnik	popatrzył uważnie na	leżącego	męża.
Here	(the) lieutenan			
	{porucznik}			

In the final phase, readers will be able to understand the meaning of the text when reading it without additional help. There may be some less common words and phrases which have not cemented themselves yet in the reader's brain, but the majority of the story should not pose any problems. If desired, the reader can use an SRS or some other memorization method to learning these straggling words.

Tu namiestnik popatrzył uważnie na leżącego męża.

Above all, readers will not have to look every word up in a dictionary to read a text in the foreign language. This otherwise wasted time will be spent concentrating on their principal interest. These new readers will tackle authentic texts while learning their vocabulary and expressions to use in further communicative (written or oral) situations. This book is just one work from an overall series with the same purpose. It really helps those who are afraid of having "poor vocabulary" to feel confident about reading directly in the language. To all of them and to all of you, welcome to the amazing experience of living a foreign language!

Additional tools

Check out shop.hyplern.com or contact us at info@hyplern.com for free mp3s (if available) and free empty (untranslated) versions of the eBooks that we have on offer.

For some of the older eBooks and paperbacks we have Windows, iOS and Android apps available that, next to the interlinear format, allow for a pop-up format, where hovering over a word or clicking on it gives you its meaning. The apps also have any mp3s, if available, and integrated vocabulary practice.

Visit the site hyplern.com for the same functionality online. This is where we will be working non-stop to make all our material available in multiple formats, including audio where available, and vocabulary practice.

Table of Contents

Rozdział I

―――

Rozdział I
Chapter 1

Rok 1647 był to dziwny rok, w którym
(The) year 1647 was this wonderful year, in which

rozmaite znaki na niebie i ziemi zwiastowały
manifold signs in (the) sky and earth announced

jakoweś klęski i nadzwyczajne zdarzenia.
some kind of misfortunes and extraordinary events

Współcześni kronikarze wspominają, iż z
Contemporary chroniclers relate that with

wiosny szarańcza w niesłychanej ilości wyroiła
(the) Spring locusts in uncountable numbers swarmed

się z Dzikich Pól i zniszczyła zasiewy
themselves from (the) Wild Fields and destroyed (the) grain

i trawy, co było przepowiednią napadów
and (the) grass that was (the) forerunner (of) raids

tatarskich. **Latem** **zdarzyło się** **wielkie**
(of the) Tatars (In the) Summer occurred itself / there was (a) great

zaćmienie **słońca,** **a** **wkrótce** **potem** **kometa**
eclipse (of the) sun and soon after (a) comet

pojawiła **się** **na** **niebie.** **W** **Warszawie** **widywano**
appeared -itself- in (the) sky In Warsaw was seen

też **nad** **miastem** **mogiłę** **i** **krzyż** **ognisty** **w**
also over (the) city (a) tomb and (a) cross fiery in

obłokach; **odprawiano** **więc** **posty** **i** **dawano**
(the) clouds (they) celebrated so fasts and gave

jałmużny, **gdyż** **niektórzy** **twierdzili,** **że** **zaraza**
alms since some people declared that (a) plague

spadnie na **kraj** **i** **wygubi rodzaj ludzki.**
would fall on (the) land and destroy kind / mankind (of) people

Nareszcie **zima** **nastała tak lekka,** **że** **najstarsi**
Finally (a) winter began so mild that (the) oldest

ludzie nie pamiętali podobnej.
people not remembered (a) similar (one)

W	południowych	województwach	lody	nie
In	(the) southern	provinces	(the) ice	not

popętały	wcale	wód,	które	podsycane
confined	at all	(the) rivers	which	stoked (swollen)

topniejącym	każdego	ranka	śniegiem	wystąpiły
(by the) melting	every	morning	(of the) snow	came out

z	łożysk	i	pozalewały	brzegi.
from	(the) bedding (its course)	and	flooded	(the) banks

Padały	częste	deszcze.	Step	rozmókł	i
Fell / Rainfalls were frequent	often	rain	(The) steppe	drenched	and

zmienił	się	w	wielką	kałużę,	słońce	zaś	w
changed	itself	in	(a) great	pool slough	(The) sun	meanwhile	in

południe	dogrzewało	tak	mocno,	że	—	dziw	nad
(the) south	scorched	so	powerful	that		wonder	over

dziwy!	—	w	województwie	bracławskim	i	na
wonders		in	(the) province	(of) Bratslav	and	on

Dzikich	Polach	zielona	ruń	okryła	stepy	i
(the) Wild	Fields	(a) green	fleece	covered	(the) steppe	and

rozłogi już w połowie grudnia. Roje po
plains already in half December (The) swarms on
the middle of in the

pasiekach poczęły się burzyć i huczeć,
beehives began themselves to surge and buzz

bydło ryczało po zagrodach. Gdy więc tak
(the) cattle bellowed on (the) fields When so such
Since

porządek przyrodzenia zdawał się być wcale
(an) order (of) events appeared itself to be at all

odwróconym, wszyscy na Rusi, oczekując
unnatural all on (of) Rus awaiting

niezwykłych zdarzeń, zwracali niespokojny umysł
unusual events turned restless minds

i oczy szczególniej ku Dzikim Polom, od
and eyes especially to (the) Wild Fields from

których łatwiej niźli skądinąd mogło się
which easy sooner than otherwise might itself

ukazać niebezpieczeństwo.
show (the) danger

Tymczasem na Polach nie działo się nic
Meanwhile on (the) Fields not knitted itself nothing
happened

nadzwyczajnego i nie było innych walk i
unusual and not (there) was any struggles and

potyczek jak te, które się odprawiały tam
encounters like those which themselves occurred there

zwykle, a o których wiedziały tylko orły,
usually and about which knew only (the) eagles

jastrzębie, kruki i zwierz polny.
(the) hawks (the) ravens and beasts (of the) plain

Bo takie to już były te Pola. Ostatnie ślady
In such then already were these Fields (The) last traces

osiadłego życia kończyły się, idąc ku
(of) settled life ended themselves going to

południowi, niedaleko za Czehrynem od
(the) south not far from Chigirin from

Dniepru, a od Dniestru — niedaleko za
(the) Dnieper and from Dniester not far from

Humaniem, a potem już hen, ku limanom i
Uman and then already far away to (the) bays and

morzu, step i step, w dwie rzeki jakby w
(the) sea steppe and steppe in two rivers like in
after between

ramę ujęty. Na łuku Dnieprowym, na
(a) frame hemmed (in) At (the) bend (of the) Dnieper on

Niżu, wrzało jeszcze kozacze życie za
(the) lowlands seethed still (the) Cossack life beyond

porohami, ale w samych Polach nikt nie mieszkał
(the) cataracts but in (the) very Fields no one not dwelt

i chyba po brzegach tkwiły gdzieniegdzie
and only along (the) shores nestled here and there

'polanki' jakoby wyspy wśród morza. Ziemia była
little fields like islands in (the) sea (The) land was

de nomine Rzeczypospolitej, ale pustynna, na
of name (of the) Commonwealth but empty on
Latin: in name

której pastwisk Rzeczpospolita Tatarom pozwalała,
which pastures (the) Commonwealth (the) Tatars allowed

wszakże gdy Kozacy często bronili, więc to
however as (the) Cossacks often defended so this

pastwisko było i pobojowiskiem zarazem.
(field of) pasture was also (a) battlefield at the same time

Ile tam walk stoczono, ilu ludzi
How many there struggles were fought how many people

legło, nikt nie zliczył, nikt nie spamiętał. Orły,
laid down no one not counted no one not remembered Eagles
died

jastrzębie i kruki jedne wiedziały, a kto z
hawks and ravens alone saw and who from

daleka dosłyszał szum skrzydeł i krakanie, kto
afar heard (the) sound (of) wings and cawing who

ujrzał wiry ptasie nad jednym kołujące
beheld (the) whirl (of) birds over one circling

miejscem, to wiedział, że tam trupy lub kości
(a) place this knew that there bodies or bones

niepogrzebione leżą... Polowano w trawach na ludzi
unburied lay Hunted in (the) grass on people

jakby na wilki lub suhaki. Polował, kto chciał.
like for wolves or wild goats Hunted who(ever) wanted

Człek prawem ścigany chronił się w dzikie
Men (by the) law pursued protected themselves in (the) wild
hid

stepy, orężny pasterz trzód strzegł, rycerz
steppe (the) armed herdsman guarded (his) flock (the) knight

przygód tam szukał, łotrzyk łupu. Kozak
adventures there searched (the) rogue plunder (the) Cossacks

Tatara, Tatar Kozaka. Bywało, że i całe
(a) Tartar (the) Tartars (a) Cossack (It) happened that in whole

watahy broniły trzód przed tłumami
bands (they) guarded herds from troops

napastników. Step to był pusty i pełny
(of) robbers (The) steppe this was empty and full

zarazem, cichy i groźny, spokojny i pełen
at the same time quiet and terrible calm and full

zasadzek, dziki od Dzikich Pól, ale i od
(of) ambushes wild from (the) Wild Fields but also from

dzikich dusz.
(the) wild spirits

Czasem też napełniała go wielka wojna. Wówczas
At times also filled it (a) great war In that time

płynęły po nim jak fale czambuły tatarskie,
flowed on it like waves (the) chambuls (of) Tartars
  the horsemen

pułki kozackie, to chorągwie polskie lub
(the) regiments (of) Cossacks then companies (of) Polish or

wołoskie; nocami rżenie koni wtórowało
Wallachians (In the) nights (the) neighing (of) horses answered

wyciom wilków, głos kotłów i trąb
(the) howling (of) wolves (the) voices (of) drums and trumpets

mosiężnych leciał aż do Owidowego jeziora i ku
of brass flew until to Ovid's island and to

morzu, a na Czarnym Szlaku, na Kuczmańskim —
(the) sea and on (the) Black Trail on (the) Kutchman's

rzekłbyś: powódź ludzka. Granic
(you) might say (an) inundation (of) men (The) boundaries

Rzeczypospolitej strzegły od Kamieńca aż do
(of the) Commonwealth guarded from Kamenyets until to

Dniepru stanice, 'polanki' i — gdy szlaki
(the) Dnieper stanitsas little fields and when (the) trails
Cossack villages homesteads

miały się zaroić, poznawano właśnie
had themselves to teem (with people) (it was) known precisely
were about to

po niezliczonych stadach ptactwa, które, płoszone
by (the) countless flocks (of) birds who frightened

przez czambuły, leciały na północ. Ale
by (the Tartar) cavalrymen flew to (the) north But

Tatar, byle wychylił się z Czarnego Lasu
(the) Tartar whether (he) slipped himself from (the) Black Forest

lub Dniestr przebył od strony wołoskiej, to
or (the) Dniester traveled from (the) side Wallachian this

stepem równo z ptakami stawał w
(the) steppe equally with (the) birds became in
came

południowych województwach.
(the) southern provinces

Wszelako zimy owej ptactwo nie ciągnęło z
However (the) winter of that (the) birds not trekked with
that winter

wrzaskiem ku Rzeczypospolitej.
(their) cries to (the) Commonwealth

Na stepie było ciszej niż zwykle. W chwili,
On (the) steppe (it) was more quiet than usual In (the) while
At the moment

gdy rozpoczyna się powieść nasza, słońce
when begins itself (the) novel (of) ours (the) sun

zachodziło właśnie, a czerwonawe jego promienie
set just and reddish its rays
was just setting

rozświecały okolicę pustą zupełnie. Na
illuminated (a) countryside empty completely On

północnym krańcu Dzikich Pól, nad
(the) northern rim (of the) Wild Fields above
slowly

Omelniczkiem, aż do jego ujścia, najbystrzejszy
(the river) Omelnik until to its mouth (the) sharpest
(the Psol river)

wzrok nie mógłby odkryć jednej żywej duszy ani
eyesight not could discover a living sould nor

nawet żadnego ruchu w ciemnych, zeschniętych
even any movement in (the) dark dry

i zwiędłych burzanach. Słońce połową tylko
and withered steppe grass (The) sun half only

tarczy wyglądało jeszcze zza widnokręgu.
(its) shield showed still behind (the) horizon

Niebo było już ciemne, a potem i step
(The) sky was already dark and then in (the) steppe

z wolna mroczył się coraz bardziej. Na
with slowness darkened itself continually more On
slowly

lewym brzegu, na niewielkiej wyniosłości
(the) left bank on (a) not-big height
(a small)

podobniejszej do mogiły niż do wzgórza, świeciły
more similar to (a) grave than to (a) hill shone

tylko resztki murowanej stanicy, którą
only (the) remnants (of the) walled stanitsa which
(Cossack village)

niegdyś jeszcze Teodoryk Buczacki wystawił, a
some time still Fedor Buchatski stood out and

którą potem napady starły. Od ruiny owej
which after raids tore down From (the) ruins of that

padał długi cień. Opodal świeciły wody
fell (a) long shadow Farther shone (the) water

szeroko rozlanego Omelniczka, który w tym
(of the) wide- spread Omelnik (river) which in this

miejscu skręca się ku Dnieprowi.
place turned itself to (the) Dnieper

Ale blaski gasły coraz bardziej na niebie i
But (the) lights went out repeatedly more on (the) sky and
more and more (in)

na ziemi. Z nieba dochodziły tylko klangory
on (the) earth From (the) sky arrived only (the) cries

żurawi ciągnących ku morzu; zresztą ciszy
(of) storks pulling to (the) sea of the rest (the) silence
(trekking) (except of that)

nie przerywał żaden głos. Noc zapadła nad
not broke (by) any sound (The) night fell over
(was broken)

pustynią, a z nią nastała godzina duchów.
(the) desert and with her started (the) hour (of) ghosts
(the wilderness)

Czuwający w stanicach rycerze opowiadali
Awake being in (the) stanitsa's knights related
(Cossack riders)

sobie w owych czasach, że nocami wstają
self in these hours that (in the) nights standing up

na Dzikich Polach cienie poległych, którzy zeszli
on (the) Wild Fields shades (of the) fallen who went down

tam nagłą śmiercią w grzechu, i odprawują
there (in) some death in sin and (they) celebrate

swoje korowody, w czym im żaden krzyż ani
their pains in what them neither cross nor

kościół nie przeszkadza. Toteż gdy sznury
church not hindered Also when (the) wicks

wskazujące północ poczynały się dopalać,
showing midnight conceived themselves to burn out
(started)

odmawiano po stanicach modlitwy za
(were) recited through (the) stanitsa's prayers for

umarłych. Mówiono także, że one cienie jeźdźców,
(the) dead (It was) said also that them shades (of) riders

snując	się	po	pustyni,	zastępują
coursing	themselves	through	(the) wilderness	barred

drogę	podróżnym,	jęcząc	i	prosząc	o	znak
(the) road	to wayfarers	whining	and	begging	about	(a) sign

krzyża	świętego.	Między	nimi	trafiały
(of the) cross	holy	Between	them	were met with

się	upiory,	które	goniły	za	ludźmi,	wyjąc.
themselves	vampires	who	chased	after	people	howling

Wprawne	ucho	z	daleka	już	rozeznawało
(A) trained	ear	from	afar	already	distinguished

wycie	upiorów	od	wilczego.	Widywano
(the) howls	(of) vampires	from	(that of a) wolf	Visible

również	całe	wojska	cieniów,	które	czasem
also	whole	armies	(of) shades	who	at times

przybliżały	się	tak	do	stanic,	że
approached	themselves	so (much)	to	(the) stanitsa	that

straże	grały	larum.	Zapowiadało	to	zwykle
(the) sentries	sounded	(the) alarm	Foretold	this	usually

wielką wojnę.   Spotkanie   pojedynczych   cieniów   nie
(a) great   war   (The) meeting   (of a) single   shadow   not
(ghost)

znaczyło   również   nic   dobrego,   ale   nie   zawsze
foreboded   also   nothing   well   but   not   always

należało   sobie   źle   wróżyć,   bo   i   człek
(it) lay on   itself   (an) evil   omen   because   also   (a) man
(was)

żywy   zjawiał   się   nieraz   i   niknął   jak
alive   appeared   itself   sometimes   and   disappeared   like

cień   przed   podróżnymi,   dlatego   często   i
(a) shadow   before   travelers   for this   often   and

snadnie   za   ducha   mógł   być   poczytanym.
easily   for   (a) ghost   could   be   read
{archaic}   (taken)

Skoro   więc   noc   zapadła   nad   Omelniczkiem,   nie
Soon   then   (the) night   fell   over   (the) Omelnik area   not

było   w tym   nic   dziwnego,   że   zaraz   koło
(there) was   in   this   nothing   surprising   that   right away   by

opustoszałej   stanicy   pojawił   się   duch   czy
(the) deserted   stanitsa   appeared   itself   (a) ghost   or

człowiek. Miesiąc wychynął właśnie zza
(a) man (The) moon came out right from behind

Dniepru i obielił pustkę, głowy bodiaków
(the) Dnieper and whitened (the) waste (the) heads (of the) thistles
(the tops)

i dal stepową. Wtem niżej na
and (the) distance (of the) steppe In this lower down on

stepie ukazały się inne jakieś nocne istoty.
(the) steppe appeared themselves other some nightly beings

Przelatujące chmurki przesłaniały co chwila
(The) passing clouds hid that moment

blask księżyca, więc owe postacie to
(the) light (of the) moon so those figures then

wybłyskiwały z cienia, to znowu gasły.
lit up from (the) shadow then again extinguished

Chwilami nikły zupełnie i zdawały się
At times (they) dimmed completely and seemed themselves

topnieć w cieniu. Posuwając się ku
to melt in (the) shadow Pushing themselves towards

wyniosłości, na której stał pierwszy jeździec,
(the) height on which stood (the) first rider

skradały się cicho, ostrożnie, z wolna,
(they) stole themselves quietly carefully with slowness

zatrzymując się co chwila.
halting themselves what while
every moment

W ruchach ich było coś
In (the) movements (of) them was something

przerażającego, jak i w całym tym stepie, tak
exciting like also in all this steppe so

spokojnym na pozór. Wiatr chwilami
calm at appearance (The) wind at times

podmuchiwał od Dniepru sprawując żałosny
blew from (the) Dnieper causing (a) mournful

szelest w zeschłych bodiakach, które pochylały
rustle in (the) dried out thistles which bent

się i trzęsły, jakby przerażone. Na koniec
themselves and trembled as if terrified On (the) end
(In)

postacie znikły, schroniły się w cień
(the) figures / vanished / hiding / themselves / in / (the) shadow

ruiny. W bladym świetle nocy widać
(of the) ruins / In / (the) uncertain / light / (of the) night / to see

było tylko jednego jeźdźca stojącego na
was / only / (the) single / rider / standing / on

wyniosłości. Wreszcie szelest ów zwrócił jego
(the) height / Finally / (the) rustle // that rustling / that / turned / his

uwagę. Zbliżywszy się do skraju wzgórza
attention / Approaching / himself / to / (the) edge / (of the) mound

począł wpatrywać się w step uważnie. W
(he) began / to peer / himself / in / (the) steppe / attentively / In

tej chwili wiatr przestał wiać, szelest ustał
this / moment / (the) wind / stopped / to blow / (the) rustle / stopped

i zrobiła się cisza zupełna.
and / made / itself / silent / completely

Nagle dał się słyszeć przeraźliwy świst.
Suddenling / gave / itself / to hear / (a) piercing / whistle

Zmieszane głosy poczęły wrzeszczeć przeraźliwie:
Mingled voices started to shout frightfully

'Hałła! Hałła! Jezu Chryste! ratuj! bij!' Rozległ się
Allah Allah Jezus Christ save kill Relayed itself
(Resounded)

huk samopałów, czerwone światła rozdarły
(the) bangs (of) muskets red flashes tore

ciemności. Tętent koni zmieszał się ze
(the) darkness (The) trample (of) horses mixed itself with

szczękiem żelaza. Nowi jacyś jeźdźce wyrośli jakby
(the) clang (of) steel New some riders rose as if

spod ziemi na stepie. Rzekłbyś:
from beneath (the) earth on (the) steppe (You) would have said

burza zawrzała nagle w tej cichej, złowrogiej
(a) storm sprung up suddenly in this silent ominous

pustyni. Potem jęki ludzkie zawtórowały
wilderness After groans (of) people echoed

wrzaskom strasznym, wreszcie ucichło wszystko:
with cries terrible finally silenced everything

walka   była   skończona. Widocznie rozegrywała
(the) struggle   was   finished   Apparently   enacted

się jedna ze zwykłych scen na Dzikich Polach.
itself one of (the) usual scenes on (the) Wild Fields

Jeźdźcy   zgrupowali   się   na   wyniosłości,
(The) riders   grouped themselves on   (the) height
(The horsemen)   gathered

niektórzy pozsiadali z   koni,   przypatrując
(a) few   dismounted from (the) horses examining

się   czemuś pilnie.
themselves something carefully

Wtem   w ciemnościach ozwał się   silny   i
In this   in (the) darkness exclaimed itself (a) powerful and
(Meanwhile)

rozkazujący głos:
commanding voice

— Hej tam! skrzesać ognia i   zapalić!
Hey there   strike   (a) fire and light (it)

Po   chwili posypały się naprzód iskry, a   potem
At (a) moment showered itself forth   sparks and   then
(In)

buchnął płomień suchych oczeretów i łuczywa,
belched (a) flame (from the) dry reeds and pitch-pine

które podróżujący przez Dzikie Pola wozili
which wayfarers through (the) Wild Fields carried

zawsze ze sobą. Wnet wbito w ziemię
always with themselves Shortly in-struck in (the) earth

drąg od kaganka i jaskrawe, padającc z
(the) rod from (a) torch and bright falling from

góry światło oświeciło wyraźnie kilkunastu ludzi
above light illuminated sharply a number of men

pochylonych nad jakąś postacią leżącą bez
bending over someone figure lying without

ruchu na ziemi.
movement on (the) ground

Byli to żołnierze ubrani w barwę czerwoną,
Were this soldiers dressed in color red

dworską, i w wilcze kapuzy. Z tych jeden,
royal and in wolf caps Of these one

siedzący na dzielnym koniu, zdawał się reszcie
sitting on (a) valiant horse seemed himself (the) rest

przewodzić. Zsiadłszy z konia zbliżył
to lead Dismounting from (the) horse (he) approached

się do owej leżącej postaci i spytał:
himself to of that lying figure and asked

— A co, wachmistrzu? żyje czy nie żyje?
And that (one) guard-master alive or not alive
(Sergeant)

— Żyje, panie namiestniku, ale charcze;
Alive sir lieutenant but wheezing
{porucznik}

arkan go zdławił.
(the) lariat him choked
(Tartar lasso weapon)

— Co zacz jest?
What breed is (he)
Who is he

— Nie Tatar, znaczny ktoś.
Not (a) Tartar of distinction someone

— To i Bogu dziękować.
Then also God to thank

Tu   namiestnik   popatrzył   uważnie   na   leżącego
Here (the) lieutenant looked   attentively at   (the) lying
      {porucznik}   (the prostrate)

męża.
man

— Coś   jakby   hetman   — rzekł.
Something like   (a) hetman   (he) said
                  (a Cossack military commander)

— I   koń   pod   nim   tatar   zacny,   jak
Also (the) horse under him (is of) Tartar breed   like

lepszego   u   chana   nie   znaleźć   — odpowiedział
better   at (the) Khan not   to find   said

wachmistrz. — A   ot,   tam   go   trzymają.
(the) sergeant   And so   there him (they) hold

Porucznik   spojrzał   i   twarz   mu   się
(The) lieutenant   looked   and   (the) face (of) him itself

rozjaśniła.   Obok   dwóch
brightened   Besides   two
                        (Next to him)

    szeregowych   trzymało   rzeczywiście
      serials   held   really
{rank between private and corporal}

dzielnego rumaka, który tuląc uszy i
splendid steed which moving (the) ears and

rozdymając chrapy wyciągał głowę i poglądał
distending (the) nostrils pushed out (the) head and looked

przerażonymi oczyma na swego pana.
(with) frightened eyes at his master

— Ale koń, panie namiestniku, będzie nasz? —
But (the) horse sir lieutenant will be ours
{porucznik}

wtrącił tonem pytania wachmistrz.
put in (with a) tone questioning (the) sergeant

— A ty, psiawiaro, chciałbyś chrześcijanowi
But you dog believer would (you) (of a) christian

konia w stepie odjąć?
(the) horse in (the) steppe deprive

— Bo zdobyczny...
Because (it is our) booty

Dalszą rozmowę przerwało silniejsze chrapanie
Further conversation (was) interrupted (by) stronger breathing

zduszonego   męża.
(from the) suffocated   man

— Wlać mu gorzałki w gębę   — rzekł pan
Pour him gorailka into (his) mouth   said sir

namiestnik — pas odpiąć.
lieutenant (his) belt undoing

— Czy zostaniemy tu na nocleg?
What (we) stay here for night-lay
                  overnight

— Tak jest, konie rozkulbaczyć, stos zapalić.
So (it) is (the) horses to unsaddle stack to light
                   (firewood)

Żołnierze skoczyli co żywo. Jedni poczęli cucić
(The) soldiers leapt with live Some began to rouse

i rozcierać leżącego, drudzy ruszyli po
and rub (the) prostrate (man) (a) second started off for

oczerety, inni rozesłali na ziemi skóry
reeds (to burn) others spread on (the) ground skins

wielbłądzie i niedźwiedzie na nocleg.
(of) camels and bears for night-lay
                  (the night)

Pan namiestnik, nie troszcząc się więcej o
Sir lieutenant not troubling himself more about

zduszonego męża, odpiął pas i rozciągnął
(the) suffocated man unbound (his) belt and stretched

się na burce przy ognisku. Był to młody
himself on (a) burka by (the) fire Was this (a) young

jeszcze bardzo człowiek, suchy, czarniawy, wielce
still very man lanky dark complexion greatly

przystojny, ze szczupłą twarzą i wydatnym
handsome with (a) delicate face and prominent

orlim nosem. W oczach jego malowała się
aquiline nose In (the) eyes (of) his was visible itself

okrutna fantazja i zadzierżystość, ale w obliczu
cruel imagination and endurance but in (the) face

miał wyraz uczciwy. Wąs dość obfity i
(he) had (a) look honorable (The) mustache rather abundant and

nieogolona widocznie od dawna broda dodawały
unshaven evidently since long beard gave

mu   nad   wiek powagi.
him   (a) beyond   age   seriousness

Tymczasem   dwaj   pachołkowie   zajęli   się
Meanwhile   two   posts   took   themselves
           (attendants)

przyrządzaniem   wieczerzy.   Położono   na   ogniu
(with the) preparation   (of) supper   (Were) laid   on   (the) fire

gotowe   ćwierci   baranie;   zdjęto   też   z   koni
readied   quarters   (of) sheep   removed   also   from   (the) horses
           (of mutton)

kilka   dropiów   upolowanych   w   czasie   dnia,   kilka
some   bustards   hunted   in   (the) time   (of) day   some

pardew   i   jednego   suhaka,   którego   pachoł
partridges   and   a   wild goat   which   a post
           (an attendant)

wnet   zaczął   obłupywać   ze   skóry.   Stos
presently   began   peeling   from   (the) skin   (The) stack
           (The fire)

płonął, rzucając   na   step   ogromne,   czerwone
blazed up   casting   on   (the) steppe   (an) enormous   red

koło   światła.   Zduszony   człowiek   począł   z
circle   (of) light   (The) suffocated   man   started   with

wolna   przychodzić do siebie.
slowness   to come   to   himself

Przez   czas jakiś   wodził nabiegłymi krwią   oczyma
Through   time some   moved   overran   blood   eyes
(After)   some time   bloodshot

po   obcych,   badając   ich   twarze;   następnie
over   (the) strangers   examining   their   faces   then

usiłował   powstać.   Żołnierz,   który   poprzednio
(he) tried   to stand   (The) soldier   who   previously

rozmawiał   z   namiestnikiem, dźwignął   go   w   górę
talked   with   (the) lieutenant   raised   him   in   top
up

pod   pachy;   drugi   włożył   mu   obuszek   w
under   (the) armpits   another   put   him   (a) halberd   in

dłoń,   na   którym   nieznajomy   wsparł   się   z
(the) hand   on   which   (the) unknown   supported   himself   with

całej   siły.   Twarz   jego   była   jeszcze   czerwona,
all   (his) force   (The) face   (of) his   was   still   red

żyły   jej   nabrzmiałe. Na   koniec   przyduszonym
(the) veins   (of) his   swollen   At   end   (with a) suppressed
(last)

głosem wykrztusił pierwszy wyraz:
voice (he) choked out (his) first word

— Wody!
Water

Podano mu gorzałki, którą pił i pił, co
(They) gave him gorailka which (he) drank and drank that

mu widocznie dobrze zrobiło, bo odjąwszy
him visible good did because removing

wreszcie flaszę od ust, czystszym już
finally (the) flask from (the) lips (with) clear already

głosem spytał:
voice asked

— W czyich jestem ręku?
In whose (I) am hands
In whose hands am I

Namiestnik powstał i zbliżył się ku niemu.
(The) officer stood up and approached -himself- to him

— W ręku tych, co waści salwowali.
In (the) hands (of) those that you saved
{archaic}

— Przeto nie waszmościowie schwycili mnie na
Therefore not you gentlemen seized me in
(with)

arkan?
(a) lariat
{lasso weapon}

— Mosanie, nasza rzecz szabla, nie arkan.
No our thing (is the) sabre not (the) lariat
{lasso weapon}

Krzywdzisz waść dobrych żołnierzów
Wrong you (our) good soldiers

podejrzeniem. Złapali cię jakowiś łotrzykowie
(with your) suspicion Fell yourself some ruffians

udający Tatarów, których jeśliś ciekaw,
giving out Tatars who if (you're) curious
(pretending to be)

oglądać możesz, bo oto leżą tam porżnięci
watch (you) can because here (they) lie there slaughtered

jak barany.
like sheep

To mówiąc wskazał ręką na kilka ciemnych
This saying (he) pointed (the) hand at some dark

ciał   leżących   poniżej   wyniosłości.   A
bodies   lying   below   (the) height   And

nieznajomy   na to:
(the) unknown (person) on this (said)
   (the stranger)

— To   pozwólcie   mi spocząć.
This   (you please) permit me   to rest

Podłożono   mu   wojłokową   kulbakę, na   której
(They) put down him (a) felt (covered) saddle on which

siadł i pogrążył się w milczeniu. Był to mąż
(he) sat and plunged himself in silence Was this man

w   sile   wieku,   średniego   wzrostu,   szerokich
in   strength (of) age (of) medium height broad
    the prime of life

ramion,   prawie   olbrzymiej   budowy   ciała   i
arms   almost   gigantic   build   (of) body   and
(shoulders)

uderzających   rysów.   Głowę   miał   ogromną,
arresting   lines   (The) head (he) had enormous
(striking)   (features)

cerę   zwiędłą, bardzo ogorzałą, oczy czarne
(a) complexion withered very (sun)burned eyes black

i   nieco   ukośne jak   u   Tatara,   a   nad wąskimi
and not-what aslant like with (a) Tartar and over (his) thin
     (somewhat)

ustami   zwieszał   mu   się   cienki   wąs
lips   hung   him   itself (a) slender mustache

rozchodzący   się   dopiero   przy   końcach   w   dwie
spreading out   itself   until   at   (the) ends   in   two

szerokie kiście.   Twarz   jego   potężna   zwiastowała
broad   bunches (The) face (of) his powerful   indicated

odwagę   i   dumę.   Było   w   niej   coś
courage   and   pride   Was   in   it   something

pociągającego   i   odpychającego   zarazem   —
attractive   and   repulsive   at once

 powaga   hetmańska   ożeniona   z   tatarską
(the) dignity   (of a) hetman   married   with   (a) Tatar
              (of a Cossack commander)

chytrością, dobrotliwość   i   dzikość.
cunning   kindness   and   wildness
                                     (ferocity)

Posiedziawszy   nieco   na   kulbace,   wstał   i
After having sat   somewhat   on   (the) saddle (he) stood up and

nad   wszelkie   spodziewanie,   zamiast   dziękować,
beyond   all   expectation   instead of   to thank

poszedł oglądać trupy.
went   to watch   (the) bodies

— Prostak! — mruknął namiestnik.
Simpleton   muttered   (the) officer
(Boor)

Nieznajomy   tymczasem   przypatrywał   się
(The) stranger   meanwhile   peered at   -himself-

uważnie każdej twarzy kiwając głową jak
carefully   each   face   nodding (the) head like

człowiek, który odgadł wszystko, po czym
(a) man   who saw through everything at   that
                                           then

wracał z wolna do namiestnika, klepiąc się
turned with slowness to (the) officer slapping himself
           slowly

po bokach i szukając mimowolnie pasa, za
on (the) sides and searching involuntarily (his) belt behind

który widocznie chciał zatknąć rękę.
which   evidently (he) wanted to pass (his) hand

Nie podobała się młodemu namiestnikowi ta
Not liked itself (to the) young officer this

powaga w człeku oderżniętym przed chwilą od
dignity in (a) man rescued before (a) moment from

powroza, więc rzekł z przekąsem:
(the) rope so (he) said with irony

— Rzekłby kto, że wasze znajomych szukasz
Might say someone that your acquaintances (you) search

między owymi łotrzykami albo że pacierz za ich
among those robbers or that (a) prayer for their

duszę odmawiasz.
spirit (you) recite
(soul)

Nieznajomy odparł z powagą:
(The) stranger answered with dignity

— I nie mylisz się waść, i mylisz:
And not (you) mistake yourself you and (you) mistake
you are not mistaken {archaic} (you are mistaken)

nie mylisz się, bom szukał znajomych, a
not (you) mistake yourself because (I) look for acquaintances but

mylisz się, bo to nie łotrzykowie, jeno
(you) mistake yourself because these not (are) robbers but

słudzy pewnego szlachcica, mego sąsiada.
servants (of) some nobleman my neighbor

— Tedy widocznie nie z jednej studni
Then (it's) clear (that) not from one spring

pijacie z onym sąsiadem.
(you) drink with that neighbor

Dziwny jakiś uśmiech przeleciał po cienkich
(A) strange kind of smile flew over at (the) thin

wargach nieznajomego.
lips (of the) stranger

— I w tym się waść mylisz — mruknął
And in this yourself you mistake (he) murmured
(are mistaken)

przez zęby.
through (the) teeth

Po chwili dodał głośniej:
At moment (he) added voice-with
In a moment (audibly)

— Ale   wybacz   waszmość pan,   żem   mu   naprzód
But   (you) forgive   gentleman   sir   that   him   first
please forgive me sir

powinnej   nie   złożył   dzięki   za   auxilium   i
should   not   (have) offered   thanks   for   (the) aid   and
{Latin}

skuteczny   ratunek,   który   mnie   od   tak   nagłej
effective   rescue   which   me   from   such   sudden

śmierci   wybawił.   Waści   męstwo   stanęło za   moją
death   saved   Your   bravery   stood   for   my
redeemed

nieostrożność,   bom   się   od   ludzi   swoich
carelessness   because   myself   from   men   my own

odłączył,   ale   też wdzięczność moja dorównywa
(I) separated   however   also   (the) gratitude   mine   equals

waszmościnej   ochocie.
your   good-will
{formal}

To   rzekłszy   wyciągnął   ku namiestnikowi rękę.
This   having said   (he) pulled out   to   (the) lieutenant   (the) hand
(he reached out)

Ale   butny   młodzieńczyk   nie ruszył   się   z
But   (the) haughty   young man   not   moved   himself   from

miejsca   i   nie   spieszył   z   podaniem   swojej;
(the) spot   and   not   hurried   with   (the) giving   of his

natomiast   rzekł:
instead   (he) said

—   Chciałbym   naprzód   wiedzieć,   jeżeli   ze
(I) should like   first   to know   if   that

szlachcicem   mam   sprawę,   bo   chociaż   o   tym
(a) nobleman   (I) have   to do   because   although   about   this

nie   wątpię,   jednakże   bezimiennych   podzięków
not   (I) doubt   however-that   (a) nameless (one)   thanks
(nevertheless)

przyjmować   mi   się   nie   godzi.
accept   me   itself   not   befits

—   Widzę   w   waszmości   prawdziwie   kawalerską
(I) see   in   you sir   truly   (a) cavaleer

fantazję   —   i   słusznie   mówisz.
imagination   and   justly   (you) speak
(mettle)

Powinienem   był   zacząć   od   nazwiska   mój   dyskurs
(I) should   was   to begin   from   name   my   discourse
have begun   (with)

39

i moją podziękę. Jestem Zenobi Abdank, herbu
and my thanks (I) am Zynoviy Abdank escutcheon

Abdank z krzyżykiem, szlachcic z
Abdank with (a) cross (a) nobleman from

województwa kijowskiego, osiadły i pułkownik
(the) province (of) Kiev landholder and colonel

kozackiej chorągwi księcia Dominika
(of the) Cossack regiment (of) Prince Dominik

Zasławskiego.
Zaslavski

— A ja Jan Skrzetuski, namiestnik chorągwi
And I Yan Skshetuski lieutenant (of the) regiment

pancernej J. O. księcia Jeremiego Wiśniowieckiego.
armored J. O. (of) Prince Yeremi Vishnyevetski

— Pod sławnym wojownikiem waść służysz.
Under (a) famous warrior you serve

Przyjmże teraz moją wdzięczność i rękę.
Accept now my thanks and hand

Namiestnik nie wahał się dłużej. Towarzysze
(The) lieutenant | not | hesitated | -himself- | longer | (The) comrades

pancerni z góry wprawdzie patrzyli na
(of the) armed (regiments) | from | top down | really | looked | at

żołnierzy spod innych chorągwi, ale pan
(the) soldiers | from under | other | regiments | however | sir

Skrzetuski był na stepie, na Dzikich Polach,
Skshetuski | was | on | (the) steppe | on | (the) Wild | Fields

gdzie takie rzeczy mniej szły pod uwagę.
where | such | things | less | went under got | attention

Zresztą miał do czynienia z pułkownikiem,
For (the) rest (Besides) | (he) had | to | deal | with | (a) colonel

o czym zaraz naocznie się przekonał,
about | what | right away | visually | himself | (he) convinced

bo gdy jego żołnierze przynieśli panu
because | when | his | soldier | brought | sir

Abdankowi pas i szablę, i krótki
Abdank | (the) belt | and | (the) sabre | and | (the) short

buzdygan, z których go rozpasano dla cucenia,
mace — from — which — him — (they) relieved — for — revival

podali mu zarazem i krótką buławę o
gave — him — at the same time — and — (a) short — staff — of

osadzie z kości, o głowie ze ślinowatego
embedding — with — bone — of — (the) head — from — ivory

rogu, jakich zażywali zwykle pułkownicy
horn — which — enjoyed (used) — usually — colonels

kozaccy. Przy tym ubiór imci
(of the) Cossacks — By — this — (the) outfit — (of the) named

Zenobiego Abdanka był dostatni, a mowa
Zynoviy — Abdank — was — prosperous — and — (the) speech

kształtna znamionowała umysł bystry i
shaped (educated) — was marked — (of a) mind — quick — and

otarcie się w świecie.
chafing moving around — itself — in — (the) world

Więc pan Skrzetuski zaprosił go do kompanii.
So — sir — Skshetuski — invited — him — to — supper

Zapach pieczonych mięs   jął   właśnie rozchodzić
(The) odor (of) roasted meats went out right   spreading

się   od   stosu,   łechtąc   nozdrza   i
itself from (the fire) stack tickling (the) nostrils and

podniebienie.   Pachoł   wydobył je   z   żaru
(the) palate   (The) post drew out them from (the) heat
              (The attendant)

i   podał na latercynowej misie.   Poczęli   jeść,
and gave (them) on (a) tin   dish (They) started to eat

a   gdy przyniesiono spory worek mołdawskiego
and when (was) brought (a) sizable bag   (of) Moldavian

wina uszyty z   koźlej skóry, wnet zawiązała się
wine sewn with goat   skin   soon   tied   itself
                                          sprang up

żywa rozmowa.
(a) lively conversation

— Oby nam   się   szczęśliwie do domu wróciło!
  May   us ourselves happily   to home   return

— rzekł pan Skrzetuski.
  said sir Skshetuski

— To waszmość wracasz? skądże, proszę? —
Then you return from where (I) beg

spytał Abdank.
asked Abdank

— Z daleka, bo z Krymu.
From far for from Crimea

— A cóżeś waszmość tam robił? z
And what you there did with

wykupnym jeździłeś?
(a) ransom (you) went
{money for a hostage}

— Nie, mości pułkowniku; jeździłem do samego
Not honorable colonel (I) went to (the) very

chana.
Khan

Abdank nastawił ciekawie ucha.
Abdank turned (an) inquisitive ear

— Ano to, proszę, w piękną waść wszedłeś
Well then (I) beg in beautiful you entered

komitywę! I z czymże do chana jeździłeś?
terms And from what-that to (the) Khan

— Z listem J. O. księcia Jeremiego.
With (a) letter J. O. Prince Yeremi

— To waść posłował! O cóż jegomość
Then you sent About what his excellence
(were send)

książę do chana pisał?
(the) Prince to (the) Khan wrote

Namiestnik popatrzył bystro na towarzysza.
(The) lieutenant looked quickly at (the) companion

— Mości pułkowniku — rzekł — zaglądałeś w
Honorable colonel (he) said (you) looked in

oczy łotrzykom, którzy cię na arkan ujęli —
(the) eyes (of) ruffians who you on (the) lariat captured

to twoja sprawa, ale co książę do chana
this your right but what (the) Prince to (the) Khan

pisał, to ani twoja, ani moja, jeno ich
wrote this neither your nor mine but (of) them

obydwóch.
both

— Dziwiłem się przed chwilą — odparł
(I) wondered myself before (a) while answered
just now

chytrze Abdank — że jegomość książę tak
(the) cunning Abdank that his excellence (the) Prince so

młodego człowieka posłem sobie do chana
young (a) man as messenger himself to (the) Khan

obrał, ale po waścinej odpowiedzi już się
chose however after your answer already myself

nie dziwię, bo widzę, żeś młody laty,
not (I) wonder because (I) see that you are young (in) years

ale stary eksperiencją i rozumem.
but old (in) experience and wit

Namiestnik połknął gładko pochlebne słówko,
(The) lieutenant swallowed (the) smooth flattering words

pokręcił tylko młodego wąsa i pytał:
twisted only (the) young mustache and inquired

— A powiedzże mi waszmość, co porabiasz
And tell that (to) Me your honor what are (you) doing

nad Omelniczkiem i jakeś się tu wziął sam
on (the) Omelnik and how yourself here took self

jeden?
alone

— Nie jestem sam jeden, jenom ludzi zostawił
Not (I) am self alone only (the) people left
{archaic}

po drodze, a jadę do Kudaku, do pana
on (the) road and (I) am going to Kudak to sir

Grodzickiego, któren tam jest przełożonym nad
Grodzitski who there is transferred over

prezydium i do którego jegomość hetman
presidium and to whose his honor (the) hetman

wielki wysłał mnie z listami.
great sent me with letters

— A czemu waść nie bajdakiem, wodą?
And what for you not by boat (over the) water

— Taki był ordynans, od którego odstąpić mi
Such was (the) order from which depart me

się nie godzi.
myself not agree

— To dziw, że jegomość hetman taki wydał
Then strange that his honor (the) hetman so gave out

ordynans, gdyż właśnie na stepie w tak ciężkie
(an) order when right on (the) steppe in such heavy

popadłeś terminy, których wodą jadąc, pewno
(you) fell terms which (by) water going surely
(issues)

byłbyś uniknął.
(you) would be avoided
(you would have)

— Mosanie, stepy teraz spokojne; znam ja
Oh no (the) steppes now (are) quiet know I

się z nimi nie od dziś, a to, co mnie
myself with them not from today but this what me

spotkało, to jest złość ludzka i invidia.
(has) met this is (the) malice (of) man and jealousy

— I któż to na jegomości tak nastaje?
And who then on your honor so attacked

— Długo by gadać. Sąsiad to zły,
Long (I) would (have) to talk (My) neighbor this (is) evil

mości namiestniku, który substancję mi
honorable lieutenant who property mine

zniszczył, z włości mnie ruguje, syna mi
destroyed from estate mine (me) displaced (the) son (of) me

zbił — i ot — widziałeś waść, tu jeszcze na
killed and so see you here still on

szyję moją nastawał.
(the) neck (of) mine attacked

— A to waść nie nosisz szabli przy boku?
And then you not carry (a) sabre at (your) side

W potężnej twarzy Abdanka zabłysła nienawiść,
In (the) powerful face (of) Abdank gleamed hatred

oczy zaświeciły mu posępnie i odrzekł z
(the) eyes glared him sullen and (he) answered with

wolna   a   dobitnie:
slowness and   emphasis

— Noszę   i   tak   mi   dopomóż   Bóg,   jako
(I) carry (a sabre)   and   so   me   help   God   any

innych   rekursów   przeciw   wrogom   moim   szukać
other   recourse   against   (the) enemy   mine   to search

już   nie   będę.
already   not   (I) will

Porucznik   chciał   coś   mówić,   gdy   nagle   na
(The) lieutenant   wanted   something   to say   when   suddenly   on

stepie   rozległ   się   tętent   koni,   a   raczej
(the) steppe   relayed   itself   (the) tramp   (of) horses   and   (a) rather
(resounded)

pośpieszne   chlupotanie   końskich   nóg   po   rozmiękłej
hurried   slapping   (of) horses   feet   on   (the) softened

trawie.   Wnet   też   i   czeladnik   namiestnika,
grass   Soon   also   also   (the) orderly   (of the) lieutenant

trzymający   straż,   nadbiegł   z   wieścią,   że   jakowiś
keeping   guard   ran over   with   (the) news   that   some

ludzie   się   zbliżają.
men   themselves (were) approaching

— To pewnie moi — rzekł Abdank — którzy zaraz
This   surely   mine   said   Abdank   who   shortly

za   Taśminą   zostali. Jam też, nie spodziewając
behind (the) Tasmina (I) left   I   also not   suspecting

się zdrady, tu na nich czekać obiecał.
myself perfidy here on them to wait promised

Jakoż   po   chwili gromada jeźdźców otoczyła
In fact after (a) while (a) crowd (of) riders surrounded

półokręgiem   wzgórze.   Przy   blasku   ognia
(in a) half-circle (the) height By (the) glitter (of the) fire

ukazały   się   głowy   końskie   z   otwartymi
showed themselves (the) heads (of) horses with open

chrapami, prychające ze zmęczenia, a nad nimi
nostrils puffing from exertion and above them

pochylone twarze jeźdźców, którzy przysłaniając
bend (the) faces (of the) riders who obscuring

rękoma   od   blasku   oczy patrzyli bystro w
(with the) hands   from (the) shine (the) eyes   looked   sharply in

światło.
(the) light

— Hej, ludzie! kto   wy?   — spytał Abdank.
  Hey   people   who (are) you   asked   Abdank

—   Raby   boże!   — odpowiedziały głosy   z
    Servants (of) God   answered   voices from

ciemności.
(the) dark

— Tak, to moi   mołojce   — powtórzył Abdank
  So   then my young Cossacks   repeated   Abdank

zwracając się do namiestnika.
turning   himself to (the) lieutenant

—   Bywajcie! bywajcie!
  Come over (you) come over

Niektórzy   zeszli   z   koni   i   zbliżyli
  Some   went down from (the) horses and approached

52

się   do ognia.
-themselves- to (the) fire

— A my śpieszyli, śpieszyli, bat'ku. Szczo z
And we hurried hurried batko What's with

toboju?
you

— Zasadzka była. Chwedko, zdrajca, wiedział
Ambush (there) was Hvedko (the) traitor knew

o miejscu i tu już czekał z innymi.
about (the) place and here already waited with others

Musiał podążyć dobrze przede mną. Na arkan
(He) must arrive well before me On (the) lasso
He must have arrived

mnie ujęli!
me caught

— Spasi Bih! spasi Bih! A to co za Laszek
Save (us) God save (us) God And these what for Poles

koło ciebie?
around yourself

Tak   mówiąc   spoglądali   groźnie   na   pana
So   saying   (they) looked threateningly at   sir

Skrzetuskiego i   jego towarzyszów.
Skshetuski   and his   companions

— To   druhy   dobre — rzekł Abdank. — Sława
These friends good   said   Abdank   Praise

Bogu,   całym   i   żyw. Zaraz   będziemy ruszać
God   (I'm) whole and alive At once (we) will   move

dalej.
further

— Sława Bogu! my gotowi.
Praise   God   we (are) ready

Nowo   przybyli poczęli rozgrzewać   dłonie   nad
(The) newly arrived   began   (to) warm   (their) hands over

ogniem,   bo   noc   była   zimna,   choć
(the) fire   because   (the) night was   cold   although

pogodna. Było   ich   do   czterdziestu ludzi rosłych
fine   Was   them to   forty   men   tall

i dobrze zbrojnych. Nie wyglądali wcale na
and well armed Not (the) looked in all at
(like)

Kozaków regestrowych, co nie pomału zdziwiło
Cossack registered (soldiers) what not little wondered

pana Skrzetuskiego, zwłaszcza że była ich garść
sir Skshetuski especially that was their bunch
(number)

tak spora. Wszystko to wydało się namiestnikowi
so large Everything this gave out itself (the) lieutenant

mocno podejrzane. Gdyby hetman wielki
firm suspicions When would (the) hetman great
(Cossack leader)

wysłał imci Abdanka do Kudaku, dałby
sent named Abdank to Kudak gave would
(he would have given)

mu przecie straże z regestrowych, a po wtóre,
him though (a) guard of registered (soldiers) and for second

z jakiejże by racji kazał mu iść stepem
for what would cause ordered him to go (via the) steppe

od Czehryna, nie wodą? Konieczność
from Chigirin not (the) water (The) necessity

przeprawiania się przez wszystkie rzeki idące
(of) crossing oneself through every river flowing

Dzikimi Polami do Dniepru mogła tylko
(on the) Wild Fields to (the) Dnieper could only

pochód opóźnić. Wyglądało to raczej tak, jakby
(the) journey delay Appeared this rather so as if

imć pan Abdank chciał właśnie Kudak ominąć.
named sir Abdank wanted precisely Kudak avoid

Ale zarówno i sama osoba pana Abdanka
Yet both also (the) very personality (of) sir Abdank

zastanawiała wielce młodego namiestnika.
astonished greatly (the) young lieutenant

Zauważył wraz, że Kozacy, którzy ze swymi
(He) noticed at once that (the) Cossacks who with their

pułkownikami obchodzili się dość poufale,
colonels go around themselves rather in a familiar way
(interacted)

jego otaczali czcią niezwyczajną, jakby
him (the) surrounded respectful unusually as if

prawego **hetmana.** **Musiał** **to** **być** **jakiś** **rycerz**
(a) true · hetman · (He) must · then · be · some · knight

dużej **ręki,** **co** **tym** **dziwniejsze** **było** **panu**
(of) great (of heavy) · hand (severity) · what · this · more wonderful · was · (to) sir

Skrzetuskiemu, **że** **znając** **Ukrainę** **i** **z** **tej,**
Skshetuski · because · knowing · Ukraine · and · of · these

i **z** **tamtej** **strony** **Dniepru,** **o** **takim**
and · of · that · side · (of the) Dnieper · about · such

przesławnym **Abdanku** **nic** **nie** **słyszał.** **Było**
famous · Abdank · nothing · not · heard · (There) was

przy **tym** **w** **twarzy** **tego** **męża** **coś**
beside · this · in · (the) face · (of) this · man · something

szczególnego **—** **jakaś** **moc** **utajona,** **która** **tak**
peculiar · (a) certain · power · latent (secret) · which · so

biła **z** **oblicza,** **jak** **żar** **od** **płomienia,** **jakaś**
struck · from · (his) face · like · heat · from · (a) flame · (a) certain

wola **nieugięta,** **znamionująca,** **że** **człek** **ten** **przed**
will · unbending · declaring · that · man · this · before

nikim i niczym się nie cofnie. Taką właśnie
no one and nothing himself not withdraws Such precise

wolę w obliczu miał książę Jeremi Wiśniowiecki, ale
will in (the) face had Prince Yeremi Vishnyevetski but

co w księciu było przyrodzonym natury darem,
that in (the) Prince was (an) inborn nature gift

właściwym wielkiemu urodzeniu i władzy, to
privy (of his) great birth and power this

mogło zastanowić w mężu nieznanego
might give cause to thought in (a) man (of) unknown
(be remarkable)

nazwiska, zabłąkanym w głuchym stepie.
name wandering in (the) wild steppe

Pan Skrzetuski długo deliberował. Chodziło mu
Sir Skshetuski long deliberated (It) came (to) him

po głowie, że to może jaki potężny banita,
on (the) head thta this (is) maybe some powerful outlaw

który, wyrokiem ścigany, chronił się w Dzikie
who (by) justice hunted protected himself in (the) Wild
(hid)

Pola — to znów, że to watażka watahy
Fields   then   again   because   this   warlord   pack

zbójeckiej; ale to ostatnie nie było
(of) bandits   however   this   last   not   was

prawdopodobne.
probable

I ubiór, i mowa tego człowieka
And   (the) dress   and   (the) speech   (of) this   man

pokazywały co innego. Zgoła więc nie
showed   something   else   Simply   so   not

wiedział namiestnik, czego się trzymać, miał
knew   (the) lieutenant   of what   himself   to hold   (he) had

się tylko na baczności, a tymczasem Abdank
himself   only   on   guard   and   meanwhile   Abdank

kazał konia sobie podawać.
ordered   (the) horse   (of) his   to hand over

— Mości namiestniku — rzekł — komu w
Honorable   lieutenant   (he) said   who   in

drogę,   temu   czas.   Pozwólże
(the) road (must go)   this one   (it's his) time   Permit me

podziękować   sobie   raz   jeszcze   za   ratunek.   Oby
to thank   myself   time   still   for   (your) rescue   May
                    another time

Bóg   pozwolił   mi   odpłacić   ci   równą   usługą!
God   allow   me   (to) repay   you   (a) equal   service

—   Nie   wiedziałem,   kogo   ratuję,   przetom   i   na
     Not   (I) know   who   (I) saved   for this   also   -for-

wdzięczność   nie   zasłużył.
   gratitude   not   (is) deserved

—   Modestia   to   twoja   tak   mówi,   która   jest
      Modesty   this   yours   so   speaks   which   is

męstwu   równa.   Przyjmijże   ode   mnie   ten   pierścień.
(of) bravery   equal   Accept   from   me   this   ring

Namiestnik   zmarszczył   się   i   krok   w   tył
(The) lieutenant   frowned   -himself-   and   (a) step   -in-   back

odstąpił   mierząc   oczyma   Abdanka,   ten   zaś
retreated   measuring   (with the) eyes   Abdank   this one   also

mówił dalej z ojcowską niemal powagą w głosie
spoke further with paternal almost dignity in voice

i postawie:
and posture

— Spojrzyj jeno. Nie bogactwo tego pierścienia,
Look only Not (the) wealth (of) this ring
{old Polish}

ale inne cnoty ci zalecam.
but (the) other virtues you (I) offer

— Za młodych jeszcze lat w bisurmańskiej
From young still years in Bisurmanski
(Turkish tribe)

niewoli będąc dostałem go od pątnika, który z
captivity being (I) received it from (a) pilgrim who from

Ziemi Świętej powracał. W tym oczku zamknięty
(the) Land Holy returned In this little-eye close
the seal

jest proch z grobu Chrystusa. Takiego daru
is dust from (the) grave (of) Christ such (a) gift

odmawiać się nie godzi, choćby i z
refuse oneself not befits even if also from

osądzonych rąk pochodził. Jesteś waść młodym
condemned hands (it) came Are you (a) young
You are

człowiekiem i żołnierzem, a gdy nawet i
man and (a) soldier and when even in

starość bliska grobu nie wie, co ją przed
old age close (to the) grave not (it) knows what her before

ostateczną godziną spotkać może, cóż dopiero
(the) remaning hour to meet may some only

adolescencja, która mając przed sobą wiek długi,
adolescent which having before himself (an) age long

na większą liczbę przygód trafić musi!
at (a) bigger number (of) adventures hit must
(meet)

Pierścień ten ustrzeże cię od przygody i
Ring this will guard yourself from adventures and
This ring

obroni, gdy dzień sądu nadejdzie, a to ci
defenses when (the) day (of) court will come and this you
(of Judgement)

powiadam, że dzień ten idzie już przez
(I) tell that (the) day this comes already through
this day {the rebellion}

Dzikie   Pola.
(the) Wild   Fields

Nastała   chwila   ciszy;   słychać   było   tylko
(There) was   (a) moment   (of) silence   to hear   was   only

syczenie   płomienia   i   parskanie   koni.
(the) crackling   (of the) fire   and   (the) snorting   (of the) horses

Z   dalekich   oczeretów   dochodziło   żałosne
From   (the) distant   reeds   arrived   (the) dismal

wycie   wilków.   Nagle   Abdank   powtórzył
howling   (of) wolves   Suddenly   Abdank   repeated

raz jeszcze, jakby do siebie:
time   still   as if   to   himself
another time

— Dzień   sądu   idzie   już   przez   Dzikie
(The) day   (of) court   comes   already   through   (the) Wild
(of Judgement)

Pola,   a   gdy   nadejdzie   —   zadywytsia   wsij
Fields   and   when   (it) will come   will wonder   all
(will be surprised)

swit   bożyj...
(the) world   (of) God

Namiestnik przyjął pierścień machinalnie, tak
(The) lieutenant accepted (the) ring mechanically so (much)

był zdumiony słowami tego dziwnego męża.
(he) was perplexed (by the) words (of) this strange man

A ten zapatrzył się w dal
But this (one) stared -himself- in (the) distance

stepową, ciemną.
(of the) steppe dark

Potem zwrócił się z wolna i siadł na
Then (he) turned himself with slowness and sat on

koń. Mołojcy jego czekali już u
(the) horse (The) Cossack soldiers (of) him waited already at

stóp wzgórza.
(the) feet (of the) height

— W drogę! w drogę!... Bywaj zdrów, druhu
In (the) road in (the) road Be healthy friend
On the road

żołnierzu! — rzekł do namiestnika.
soldier (he) said to (the) lieutenant

— Czasy   teraz   takie,   że   brat   bratu   nie
(The) times   now   (are) such   that   brother   (the) brother   not

ufa,   przeto   i   nie   wiesz,   kogoś   ocalił,   bom
trusts   therefore   also   not   (you) know   who   (you) saved   for

ci   nazwiska   swego   nie   powiedział.
you   (the) name   mine   not   (I) said

— Więc   waść   nie   Abdank?
Then   you   (are) not   Abdank

— To   klejnot   mój...
That is   (the) crest   (of) mine
   (the coat of arms)

— A   nazwisko?
And   (the) name

— Bohdan   Zenobi   Chmielnicki.
Bohdan   Zynoviy   Chmelnytsky
   {Cossack rebel leader}

To   rzekłszy   zjechał   ze   wzgórza,   a   za   nim
This   having said   (he) rode down   from   (the) height   and   after   him

ruszyli   mołojcy.   Wkrótce   okryły   ich
moved   (the) Cossack soldiers   Soon   surrounded   them

tuman i noc. Dopiero gdy odjechali już z
darkness and night Only when (the) went out already from

pół stajania, wiatr przyniósł od nich słowa
half (a) furlong (the) wind bore from them (the) words

kozackiej pieśni:
(of a) Cossack song

Oj wyzwoły, Boże, nas wsich, bidnych newilnykiw,
Oh lead God us all poor captives

Z tiażkoj newoli,
From heavy bonds

Z wiry bisurmanskoj —
From faith (of) Bisurman
(of Muslim)

Na jasni zori,
To (the) bright dawn

Na tychi wody,
To quiet waters

U kraj wesełyj,
At (a) land happy

U   mir   chreszczennyj —
At (a) world   Chrstian

Wysłuchaj, Boże, u prośbach naszych,
Hear   God   at   prayers   ours

U neszczasnych mołytwach,
At   hapless   prayers

Nas bidnych newilnykiw.
Our   poor   captives

Głosy   cichły   z   wolna, potem stopiły
(The) voices quieted down with slowness   then   melted
                                                    (vanished)

   się   z   powiewem   szumiącym   po
themselves with (the) wind   sounding   through

oczeretach.
(the) reeds

Rozdział II

Rozdział II
Chapter   2

Nazajutrz   z   rana   przybywszy   do
(The) next day   with   (the) morning   arrived   to

Czehryna   pan Skrzetuski stanął w mieście w
(the town of) Chigirin Mr.   Skshetuski   stopped in (the) town in

domu   księcia Jeremiego, gdzie też miał   kęs
(the) house (of) prince   Yeremi   where also (he) had (a) piece

czasu   zabawić, aby ludziom i koniom   dać
(of) time to entertain   for   men   and   horses   to give

wytchnienie po długiej   z Krymu podróży, którą
      rest   after (the) long from Crimea   journey   which

z   przyczyny wezbrania   i nadzwyczaj bystrych
with   (for) causes (of the) floods   and   (the) unusual   swift

prądów na Dnieprze trzeba było lądem odbywać,
currents on (the) Dnieper necessary was overland to carry on
had to be made overland

gdyż żaden bajdak nie mógł owej zimy płynąć
since no boat not could that winter sail

pod wodę. Sam też Skrzetuski zażył nieco
under water Himself also Skshetuski enjoyed not-what
against the stream (some)

wczasu, a potem szedł do pana
time and then went to Mr.

Zaćwilichowskiego, byłego komisarza
Zatsvilikhovski former commissioner

Rzplitej, żołnierza dobrego, który,
(of the) Commonwealth soldier good who
{Polish-Lithuanian Commonwealth}

nie służąc u księcia, był jednak jego zaufanym
not serving with (the) Prince was however his confidant

i przyjacielem.
and friend

Namiestnik pragnął się go wypytać, czy
(The) lieutenant wanted -himself- him to ask whether

nie ma jakich z Łubniów dyspozycji. Książę
not had any from Lubni dispositions (The) Prince
(instructions)

wszelako nic szczególnego nie polecił; kazał
however nothing special not (had) sent (He) ordered

Skrzetuskiemu, w razie gdyby odpowiedź
Skshetuski in (the) time where if (the) answer

chanowa była pomyślna, wolno iść, tak aby
(of the) Khan was favorable slow to go so for

ludzie i konie mieli się dobrze. Z
(the) men and (the) horses had themselves well From
would be

chanem zaś miał książę taką sprawę, że
(the) Khan whereas had (the) Prince such (an) affair that

chodziło mu o ukaranie kilku murzów
was him about (the) punishment (of) some murzas
{Tartar nobility}

tatarskich, którzy własnowolnie puścili mu w jego
Tartar who by their own will let him in his
(raided)

zadnieprzańskie państwo zagony, a których sam
behind-Dnieper estate lands and who himself
(beyond the Dnieper)

zresztą srodze zbił.
besides   severely   beat
(already)   (had punished)

Chan   rzeczywiście   dał   odpowiedź   pomyślną:
(The) Khan   indeed   gave   (an) answer   favorable

obiecał   przysłać   osobnego   posła   na   kwiecień,
(he) promised   to send   (a) special   envoy   on   April

ukarać   nieposłusznych,   a   chcąc   sobie   zyskać
to push   (the) disobedient   and   wanting   himself   gain

życzliwość   tak   wsławionego   jak   książę
goodwill   (from) such   (a) famous   as   (the) Prince

wojownika,   posłał   mu   przez   Skrzetuskiego   konia
warrior   sent   him   through   Skshetuski   (a) horse

wielkiej   krwi   i   szłyk   soboli.   Pan   Skrzetuski
(of) great   stock   and   (a) cap   (of) sable   Mr.   Skshetuski

wywiązawszy   się   z   niemałym   zaszczytem   z
having acquitted   himself   with   not-little   honor   from

poselstwa,   które   już   samo   było   dowodem
(the) mission   which   already   self   was   proof

wielkiego książęcego faworu, bardzo był rad, że
(of the) great Princely favor very was happy that

mu w Czehrynie zabawić pozwolono i nie
him in Chigirin to entertain (was) allowed and not

naglono z powrotem.
(be) pressed with (the) return

Natomiast stary Zaćwilichowski wielce był
However old Zatsvilikhovski greatly was

zafrasowany tym, co działo się od
annoyed (with) this what occurred itself from

niejakiego czasu w Czehrynie. Poszli tedy razem
some time in Chigirin (They) went so together

do Dopuła, Wołocha, który w mieście zajazd i
to Dopula (a) Wallachian who in (the) town (an) inn and

winiarnię trzymał, i tam, choć była godzina
(a) wineshop kept and there though (it) was (the) hour

jeszcze wczesna, zastali szlachty huk, gdyż
still early (they) found (the) gentry roar because
(bustling)

to był dzień targowy, a oprócz tego w tymże
this was (a) day (of) market and except this in this-that
(on)

dniu wypadał w Czehrynie postój bydła
day fell in Chigirin stop (over) (of) cattle

pędzonego ku obozowi wojsk koronnych, przy
driven to (the) camp (of a) troop (of the) crown by
(a regiment) (royal)

czym ludzi nazbierało się w mieście
which (the) people gathered themselves in (the) town

mnóstwo.
(a) multitude

Szlachta zaś gromadziła się zwykle w
(The) gentry however occupied themselves usually in

rynku, w tak zwanym Dzwonieckim Kącie, u
(the) market in such named Bell-ringers Corner at

Dopuła. Byli tam więc i dzierżawcy
Dopula ('There) were there so also (the) tenants

Koniecpolskich, i urzędnicy czehryńscy, i
(of the) Konyetpolski's and (the) officials (of) Chirigin and

właściciele ziem pobliskich siedzący na
(the) owning (of the) land close by neighbors on

przywilejach, szlachta osiadła i od nikogo
privileges (the) nobles settled and from no one
(all)

niezależna, dalej urzędnicy ekonomii, trochę
independent further officials (of the) economy a few
(of the land)

starszyzny kozackiej i pomniejszy drobiazg
elders (of the) Cossacks and minor trivial

szlachecki, bądź to na kondycjach żyjący, bądź na
nobles either this on conditions living or on
(leased land)

swoich futorach.
their own outlying farm

Ci i tamci pozajmowali ławy stojące
These and those occupied (the) benches standing

wedle długich dębowych stołów i rozprawiali
at long oaken tables and conversed

głośno, a wszyscy o ucieczce Chmielnickiego,
in voice and all about (the) flight (of) Khmelnytsky
(loudly)

która była największym w mieście ewenementem.
who was (the) greatest in town event

Skrzetuski więc z Zaćwilichowskim siedli
Skshetuski then with Zatsvilikhovski sat

sobie w kącie osobno i namiestnik
by themselves in (a) corner separately and (the) lieutenant

począł wypytywać, co by to za feniks był ten
started to inquire what would this for phoenix was this

Chmielnicki, o którym wszyscy mówili.
Khmelnytsky about whom all talked

— To wać nie wiesz? — odpowiedział stary
Then you not know answered (the) old

żołnierz. — To jest pisarz wojska
soldier This is (the) writer (of the) army
(the secretary)

zaporoskiego, dziedzic Subotowa i — dodał
(of) Zaporo (the) heir (of) Subotoff and added

ciszej — mój kum. Znamy się dawno.
more quiet my comrade (We) know each other (a) long time

Bywaliśmy	w	różnych	potrzebach,	w	których
(We) were	in	various	expeditions	in	which

niemało	dokazywał,	szczególniej	pod	Cecorą.
not-little (often)	(he) showed	especially	under	Tetera {1620 Battle}

Żołnierza	takiej	eksperiencji	w	wojskowych
(A) soldier	(of) such	experience	in	army

rzeczach	nie	masz	może	w	całej
affairs	not	(you) have	maybe	in	(the) whole

Rzeczypospolitej.	Tego	się	głośno	nie	mówi,	ale
Commonwealth	This	itself	by voice (in public)	not	says	however

to	hetmańska	głowa:	człek	wielkiej	ręki
this (one)	(has a) hetman (Cossack commander's)	head	(a) man	(of) great (of heavy)	hand

i	wielkiego	rozumu;	jego	całe	kozactwo
and	(of a) mighty	mind	him	(the) whole	Cossackdom

słucha	więcej	niż	koszowych	i	atamanów,	człek
listens to	more	than	koshevoi	and	ataman	(a) man

nie	pozbawiony	dobrych	stron,	ale	hardy,
not	bereft	(of) good	sides	however	haughty

niespokojny i gdy nienawiść weźmie w nim górę
restless   and when   hatred   takes   in   him   top
                          gets the better of him

— może być straszny.
   (he) can   be   terrible

— Co mu się stało, że z Czehryna umknął?
  What him itself stood that from Chigirin (he) fled
            made

— Koty ze starostką Czaplińskim darli, ale
  (As) cats with (the) elder Chaplinski (they) tore however
                      (they fought)

to furda! Zwyczajnie szlachcic szlachcicowi
this (is) nonsense   Usually   (a) nobleman (to a) nobleman
          (It is normal that)

z nieprzyjaźni sadła zalewał. Nie jeden on i
from   emnity   (with) fat poured Not (the) first he and
               damage

nie jednemu jemu. Mówią przy tym, że
not (the) one   him   (They) say besides   this   that
   (the only one)

żonę starostce bałamucił: starostka mu
(with the) wife (of the) elder (he) flirted (the) elder him

kochanicę odebrał i z nią się ożenił, a on
(his) mistress away took and with her himself married and he

mu ją za to później bałamucił, a to jest
him her for this after flirted with and this is

podobna rzecz, bo zwyczajnie... kobieta lekka.
(a) likely matter because usually woman (is) giddy

Ale to są tylko pozory, pod którymi głębsze
However this are mere pretexts under which deeper

jakieś praktyki się ukrywają. Widzisz waść,
some dealings themselves hide See you

rzecz jest taka: w Czerkasach mieszka stary
(the) thing is such in Chigirin lives old

Barabasz, pułkownik kozacki, nasz przyjaciel. Miał
Barabash (a) Colonel Cossack our friend Had

on przywileje i jakoweś pisma królewskie, o
he privileges and some writings (from the) King about
(letters)

których mówiono, że Kozaków do oporu
which (they) say that (the) Cossacks to resistance

przeciw szlachcie zachęcały. Ale że to
against (the) nobles (they) encouraged However that this

ludzki, dobry człek, trzymał je u siebie i nie
humane good man kept them at himself and not

publikował.
published

Owóż Chmielnicki Barabasza na ucztę zaprosiwszy
Ergo Khmelnytsky Barabash to dinner having invited

tu do Czehryna, do swego domu, spoił, potem
here to Chigirin to his house bonded then

posłał ludzi do jego futoru, którzy pisma i
sent people to his country-place who (the) letters and

przywileje u żony podebrali — i z nimi
(the) privileges from (the) wife took away and with them

umknął. Strach, by z nich jaka rebelia,
fled (There is) fear would from them such (a) rebellion
(that comes)

jako była Ostranicowa, nie korzystała, bo
as was Ostranitsa not benefited because

repeto: że to człek straszny, a umknął nie
(I) repeat that this man (is) terrible and fled not

wiadomo gdzie.
known where

Na to pan Skrzetuski:
At this Mr. Skshetuski (answered)

— A to lis! w pole mnie wywiódł. Toć ja jego
But this fox in (the) field me (he) took out Why I him
(he lead on)

tej nocy na stepie spotkałem i od arkana
this night on (the) steppe met and from (the) lariat
(the lasso)

uwolniłem!
freed

Zaćwilichowski aż się za głowę porwał.
Zatsvilikhovski even himself by (the) head seized

— Na Boga, co wać powiadasz? Nie może to
On God what you tell (me) Not may this
(By)

być!
be

— Może być, kiedy było. Powiadał mi się
(It) may be since (it) was (He) told me himself

pułkownikiem u księcia Dominika Zasławskiego i
(as a) colonel / at / Prince / Dominik / Zaslavski / and

że do Kudaku, do pana Grodzickiego, od
that / to / Kudak (he was going) / to / Mr. / Grodzitski / from

hetmana wielkiego jest posłany, alem już
(the) hetman / great / is / sent / but / already
the Grand Cossack Commander

temu nie wierzył, gdyż nie wodą jechał, jeno
this / not / (I) believed / since / not / (by) water / (he) went / but

się stepem przekradał.
himself / (by the) steppe / forth-stole
(was sneaking)

— To człek chytry jak Ulisses. I gdzieżeś go
This / man / sly / like / Ulysses / And / where / him

wać spotkał?
you / met

— Nad Omelniczkiem, po prawej stronie
On / (the) Omelnik / on / (the) right / side

Dnieprowej. Widno do Siczy jechał.
(of the) Dnieper / (It is) evident / (that) to / Saitch / (he) went

— Kudak chciał minąć. Teraz intelligo. Ludzi
 Kudak (he) wanted to avoid Now (I) understand Men

siła było przy nim?
strength was with him

— Było ze czterdziestu. Ale za późno przyjechali.
 Was that forty But too late (they) met him

Gdyby nie moi, byliby go słudzy starostki
If-would not (for) me would be him (the) servants (of the) elder
(If it was)

zdławili.
(have) strangled

— Czekajże waszmość. To jest ważna rzecz.
 Wait your-honor This is (an) important affair

Słudzy starostki, mówisz?
(The) servants (of the) elder (you) say

— Tak sam powiadał.
 So himself (he) told

— Skądże starostka mógł wiedzieć, gdzie jego
 From where (the) elder might know where him

szukać, kiedy tu w mieście wszyscy głowy
to search — when — here — in — town — all — heads

tracą nie wiedząc, gdzie się podział?
(they) lose — not — knowing — where — himself — (he) disappeared

— Tego i ja wiedzieć nie mogę. Może też
This — also — I — to know — not — (I) may — Maybe — also

Chmielnicki zełgał i zwykłych łotrzyków na
Khmelnytsky — lied — and — regular — robbers — for

sług starostki kreował, by swoje krzywdy tym
servants — (of the) elder — created — for — his — wrongs — this
— — (represented) — — — —

mocniej afirmować.
more powerful — to affirm

— Nie może to być. Ale to jest dziwna
Not — may — this — be — However — this — is — (a) strange

rzecz. Czy waszmość wie, że są listy
affair — -whether- — your-honor — knows — that — are — letters

hetmańskie przykazujące Chmielnickiego
(from the) hetman — ordering — Khmelnytsky
(from the Cossack leadership)

łapać i in fundo zadzierżyć?
catch and in bottom to detain
{latin: basically}{archaic: aresztować}

Namiestnik nie zdążył odpowiedzieć, bo w tej
(The) lieutenant not managed to answer because in this

chwili wszedł do izby jakiś szlachcic z
moment entered into (the) room some nobleman with

ogromnym hałasem. Drzwiami trzasnął raz i
(a) tremendous uproar (The) doors rattled (a) time and

drugi, a spojrzawszy hardo po
(a) second (time) and looking insolently through

izbie zawołał:
(the) room (he) cried out

— Czołem waszmościom!
Greetings your-honors

Był to człek czterdziestoletni, niski, z
Was this man forty years (of age) (of) low stature with

twarzą zapalczywą, której to zapalczywości
face gruff which this irritability

przydawały jeszcze bardziej oczy jakby śliwy
appeared still more (with) eyes like plums

na wierzchu głowy siedzące, bystre, ruchliwe —
on top (of the) face sitting shrewd brisk
protruding

człek widocznie bardzo żywy, wichrowaty i do
(a) man visibly very alive warped and to

gniewu skory.
anger quick

— Czołem waszmościom! — powtórzył głośniej
Greetings your-honors (he) repeated (with a) voice
(louder)

i ostrzej, gdy mu zrazu nie odpowiadano.
and sharper when him at once not answered

— Czołem, czołem — ozwało się kilka głosów.
Greetings greetings was heard itself (in) several voices

Był to pan Czapliński, podstarości czehryński,
Was this Mr. Chaplinski under-elder (of) Chirigin

sługa zaufany młodego pana chorążego
servant trusted (of the) young Mr. ensign

Koniecpolskiego.
Konyetspolski

W	Czehrynie	nie	lubiano	go,	bo	był
In	Chigirin	not	(they) liked	him	because	(he) was

zawadiaka	wielki,	pieniacz,	prześladowca,	ale
(a) swashbuckler	big	litigant	persecutor	but

miał	niemniej	wielkie	plecy,	przeto	ten	i
(he) had	not-less	great	support	consequently	this	and

ów	z	nim	politykował.
that	with	him	dealt politically
			(were polite)

Zaćwilichowskiego	jednego	szanował,	jak	i
Zatsvilikhovski	(the) only one	(he) respected	as	also

wszyscy,	dla	jego	powagi,	cnoty	i	męstwa.
everybody	for	his	dignity	virtues	and	bravery

Ujrzawszy	go,	wnet	też	zbliżył	się	ku
Seeing	him	immediately	also	approached	himself	to

niemu	i	skłoniwszy	się	dość	dumnie
him	and	bowing	himself	rather	haughtily

Skrzetuskiemu zasiadł przy nich ze swoją lampką
(to) Skshetuski · sat down · near · them · with · his · tankard

miodu.
(of) mead

— Mości starostko — spytał Zaćwilichowski —
Honorable · elder · asked · Zatsvilikhovski

czy wiesz, co się dzieje z
-whether- · (you) know · what · itself · (the) history · with

Chmielnickim?
Khmelnytsky

— Wisi, mości chorąży, jakem Czapliński, wisi,
Hanging · honorable · ensign · as (I am) · Chaplinski · hanging

a jeśli dotąd nie wisi, to będzie wisiał.
and · if · so far · not · hanging · then · (he) will be · hanged

Teraz, gdy są listy hetmańskie, niech jedno
Now · when · are · (the) letters · (of the) hetman · let · only

go dostanę w swoje ręce.
him · (I) get · in · my · hands

To mówiąc, uderzył pięścią w stół, aż
This saying (he) struck (the) fist in (the) table until
(so that)

płyn rozlał się ze szklenic.
(the) liquid spilled itself from (the) glasses

— Nie wylewaj waćpan wina! — rzekł pan
Not spill you-sir (my) wine said Mr.

Skrzetuski.
Skshetuski

Zaćwilichowski przerwał:
Zatsvilikhovski interrupted

— A czy go wać dostaniesz! Przecie uciekł
And whether him you get Yet (he) escaped

i nikt nie wie, gdzie jest?
and no one not knows where (he) is

— Nikt nie wie? Ja wiem, jakem Czapliński!
No one not knows I know as (I am) Chaplinski

Waszmość, panie chorąży, znasz Chwedka. Owóż
Your-honor Mr. ensign knows Hvedko That

Chwedko jemu służy, ale i mnie. Będzie on
Hvedko — him — serves — but — also — me — Will be — he

Judaszem Chmielowi. Siła mówić. Wdał się
(the) Judas — (of) Khmelnytsky — Strength — to tell — Gave in — himself
It's a long story

Chwedko w komitywę z mołojcami
Hvedko — in — friendly terms — with — (the) Cossack soldiers

Chmielnickiego. Człek sprytny. Wie o
(of) Khmelnytsky — (The) man — (is) sharp — (He) knows — about

każdym kroku. Podjął się mi go dostawić
each — step — (He) engaged — himself — me — him — to deliver

żywym czy zmarłym i wyjechał w step
alive — or — dead — and — went out — in — (the) steppe

równo przed Chmielnickim, wiedząc, gdzie ma go
right — before — Khmelnytsky — knowing — where — has — him

czekać!... A, didków syn przeklęty!
to find — And — whore — son — cursed
{dziewka}

To mówiąc znowu w stół uderzył.
This — saying — again — -in- — (the) table — struck

— Nie wylewaj waćpan wina! — powtórzył z
Not spill you-sir (the) wine repeated with

przyciskiem pan Skrzetuski, który dziwną jakąś
emphasis Mr. Skshetuski who strangely like

awersję uczuł do tego podstarościego od
aversion felt to this under-elder from

pierwszego spojrzenia.
(the) first sight (of him)

Szlachcic zaczerwienił się, błysnął swymi
(The) noble grew red (in the face) -himself- flashed his

wypukłymi oczyma, sądząc, że mu dają okazję,
protruding eyes thinking that him (they) gave offence

i spojrzał zapalczywie na Skrzetuskiego, ale
and (he) looked excitedly at Skshetuski but

ujrzawszy na nim barwę Wiśniowieckich,
seeing on him (the) colors (of) Vishnyevetski

zmitygował się, gdyż jakkolwiek chorąży
softened himself since however ensign

Koniecpolski wadził się wówczas z księciem,
Konyetspolski quarreled himself at that time with (the) Prince

wszelako Czehryn zbyt był blisko Łubniów i
still Chigirin too much was close (to) Lubniow and
was too close

niebezpiecznie było barwy książęcej nie
dangerous (it) was (the) colors (of the) Prince not

uszanować.
to respect

Książę też i ludzi dobierał takich, że każdy
(The) Prince also -and- people chose such that each
(anyone)

dwa razy pomyślał, nim z którym zadarł.
two times thought them with which disputed
would think twice

— Więc to Chwedko podjął się waci
Then this Hvedko engaged himself your

Chmielnickiego dostawić? — pytał znów
Khmelnytsky to get asked again

Zaćwilichowski.
Zatsvilikhovski

— Chwedko: I dostawi, jakem Czapliński.
　Hvedko　And　(he will) get　as (I am)　Chaplinski

— A ja waci mówię, że nie dostawi. Chmielnicki
　But　I　you　tell　that　not　(he) will　Khmelnytsky

zasadzki uszedł i na Sicz podążył, o czym
(the) ambush　escaped　and　to　Saitch　directed　about　which

trzeba pana krakowskiego dziś jeszcze
(you) should have　(the) lord　(from) Krakow　today　still

zawiadomić. Z Chmielnickim nie ma żartów.
to tell　With　Khmelnytsky　not has　jokes
　　　　　　　　　　　　　　　　　　don't joke around

Krótko mówiąc, lepszy on ma rozum, tęższą rękę
(In) short　to say　more　he　has　brains　heavier　hand

i większe szczęście od waci, który zbyt
and　greater　luck　than　you　who　too much

się zapalasz. Chmielnicki odjechał bezpiecznie,
yourself　light up　Khmelnytsky　went away　safely
　　(are a hothead)

powtarzam waci, a jeśli mnie nie wierzysz, to
(I) tell　you　and　if　me　not　(you) believe　then

ci · to · ten · kawaler · powtórzy, · który · go · wczoraj · na
these · so · this · cavalier · ask · who · him · yesterday · on
(gentleman)

stepie · widział · i · zdrowym · go · pożegnał.
(the) steppe · saw · and · (in) good health · him · said goodbye

— Nie · może · być! · nie · może · być! · — wrzeszczał
Not · (it) may · be · not · (it) may · be · screamed

targając · się · za · czuprynę · Czapliński.
ruffling · himself · by · his hair · Chaplinski

— I · co · większa · — dodał · Zaćwilichowski · — to
And · what · (is) more · added · Zatsvilikhovski · so

ten · kawaler · tu · obecny · sam · go · salwował · i
this · cavalier · here · present · self · him · saved · and

waścinych · sług · wygubił, · w · czym · mimo · listów
your · servants · killed · in · which · despite · (the) letters

hetmańskich · nie · jest · winien, · bo · z · Krymu
(of the) hetman · not · (he) is · guilty · because · from · (the) Crimea

z · poselstwa · wraca · i · o · listach · nie
from · (a) mission · returned · and · about · (the) letters · not

wiedział, a widząc człeka przez łotrzyków, jak
knew *and* *seeing* *(a) man* *by* *ruffians* *as*

sądził, w stepie oprymowanego, przyszedł mu
(he) thought *in* *(the) steppe* *attacked* *went to* *him*

z pomocą. O którym to wyratowaniu się
with *help* *About* *which* *this* *rescue* *(of) himself*

Chmielnickiego wcześniej waci zawiadamiam, bo
Khmelnytsky *earlier* *you* *(I) inform* *because (so that)*

gotów cię z Zaporożcami w twojej ekonomii
ready *yourself* *with* *(the) Zaporojians* *in* *your* *economy*

odwiedzić, a znać nie byłbyś mu rad
to visit *and* *to know* *not* *(you) would be* *(with) him* *happy*

bardzo. Nadtoś się z nim warcholił. Tfu, do
very much *Over this* *yourself* *with* *him* *quarreled* *Pish* *to*

licha!
hell

Zaćwilichowski nie lubił także Czaplińskiego.
Zatsvilikhovski *not* *liked* *also* *Chaplinski*

Czapliński zerwał się z miejsca i aż mu
Chaplinski jumped himself from (his) seat and until him

mowę ze złości odjęło; twarz tylko spąsowiała
speech from anger lost (the) face only flushed

mu zupełnie, a oczy coraz bardziej na
him wholly and (the) eyes continually more on

wierzch wyłaziły. Tak stojąc przed Skrzetuskim
top crept out So standing before Skshetuski

puszczał tylko urywane wyrazy:
let out only broken off words

— Jak to! waść mimo listów hetmańskich!... Ja
How this you in spite of (the) letters (of the) hetman I

waści... ja waści...
you I you

A pan Skrzetuski nie wstał nawet z ławy,
But sir Skshetuski not rose even from (the) bench

jeno wsparłszy się na łokciu patrzył na
but leaning himself on (his) elbows looked at

podskakującego Czaplińskiego jak raróg na
(the) bouncing Chaplinski like (a) hawk at

uwiązanego wróbla.
(a) tethered sparrow

— Czego się waść mnie czepiasz jak rzep
What for yourself you me fasten like (a) burr

psiego ogona? — spytał.
(to a) dog's tail (he) asked

— Ja waści do grodu ze sobą... Waść mimo
I you to (the) court with me You in spite of

listów... Ja waści Kozakami!...
(the) letters I you (the) Cossacks

Krzyczał tak, że w izbie uciszyło się
(He) shouted so that in (the) room quieted themselves

trochę. Obecni poczęli zwracać głowy w
a bit strangers began to turn (the) heads in

stronę Czaplińskiego. Szukał on okazji zawsze,
(the) direction (of) Chaplinski Sought he quarrel everywhere

bo taka była jego natura, robił burdy
because such was his nature (he) made (a) brawl

każdemu, kogo napotkał, ale to zastanowiło
(with) each who (he) met but this astonished

wszystkich, że teraz zaczął przy
everyone because now (he) began with

Zaćwilichowskim, którego jednego się obawiał,
Zatsvilikhovski who everyone himself feared

i że zaczął z żołnierzem noszącym
and because (he) began with (the) soldier carrying

barwę Wiśniowieckich.
(the) colors (of Prince) Vishnyevetski

— Zamilknij no wasze — rzekł stary chorąży. —
Be silent well yours said (the) old ensign

Ten kawaler jest ze mną.
This cavalier is with me

— Ja wa... wa... waści do grodu... w dyby! —
I you you you to court in (the) stocks

wrzeszczał dalej Czapliński nie uważając już
screamed further Chaplinski not paying attention already

na nic i na nikogo.
to nothing and to no one

Teraz pan Skrzetuski podniósł się także całą
Now Mr. Skshetuski rose himself as well (to the) full

wysokością swego wzrostu, ale nie wyjmował
height of his growth but not took out
(standing)

szabli z pochew, tylko jak ją miał
(the) sabre from (the) scabbard only as her (he) had
(it)

spuszczoną nisko na rapciach, chwycił w środku
lowered down on (the) strap seized (it) in (the) middle

i podsunął w górę tak, że rękojeść wraz z
and under moved in top so that (the) hilt right with
moved it up

krzyżykiem poszła pod sam nos Czaplińskiemu.
(the) cross came under (the) very nose (of) Chaplinski

— Powąchaj no to waść — rzekł zimno.
Smell well this you (he) said coldly

— Bij, kto w Boga!... Służba! — krzyknął
Strike who in God (believes) Servants shouted

Czapliński chwytając za rękojeść.
Chaplinski grasping after (his) sword-hilt

Ale nie zdążył szabli wydobyć. Młody
But not (he) managed (the) sabre to take out (The) young
(to draw)

namiestnik obrócił go w palcach, chwycił jedną
lieutenant turned him in (the) shoulders caught one

ręką za kark, drugą za hajdawery poniżej
hand behind (the) neck another behind (the) trousers below

krzyża, podniósł w górę rzucającego się jak
(the) belt raised in top squirming himself like

cyga i idąc ku drzwiom między ławami
(a) salmon and going to (the) door between (the) benches

wołał:
called out

— Panowie bracia, miejsce dla rogala, bo
Gentlemen brothers (make) room for (the) horns because

pobodzie!
(they) strike

To rzekłszy doszedł do drzwi, uderzył w nie
This saying (he) went to (the) doors struck in them

Czaplińskim, roztworzył i wyrzucił podstarościego
Chaplinski opened (them) and threw out (the) under-elder

na ulicę.
on (the) street

Po czym spokojnie usiadł na dawnym miejscu
At that silently (he) sat at (the) former place

obok Zaćwilichowskiego.
(at the) side (of) Zatsvilikhovski

W izbie przez chwilę zapanowała cisza.
In (the) room after (a) moment prevailed silence

Siła, jakiej dowód złożył pan Skrzetuski,
Strength which evidence laid sir Skshetuski

zaimponowała zebranej szlachcie. Po chwili
impressed (the) gathered noblemen After (a) while

jednak cała izba zatrzęsła się od śmiechu.
however all (the) room shook itself from laughter

— Vivant wiśniowiecczycy! — wołali jedni.
Hurrah Vislinyevetski's (man) cried some

— Omdlał, omdlał i krwią oblan! —
(He) fainted (he) fainted and (with) blood (is) covered

krzyczeli inni, którzy zaglądali przeze drzwi,
shouted others who peered thought (the) doors

ciekawi, co też pocznie Czapliński. — Słudzy
curious what also conceived Chaplinski Servants
(would do)

go podnoszą!
him carry off
are carrying him off

Mała tylko liczba stronników podstarościego
Few only (in) number partisans (of the) under-elder

milczała i nie mając odwagi ująć się
were silent and not had (the) courage enclose themselves

za nim, spoglądała ponuro na namiestnika.
behind him looked sullenly at (the) lieutenant

— Prawdę rzekłszy, w piętkę goni ten ogar —
Truth saying in (the) heel chases this hound
fires up

rzekł Zaćwilichowski.
said Zatsvilikhovski

— Kundys to, nie ogar — rzekł zbliżając się
(A) cur this not (a) hound said approaching himself

gruby szlachcic, który miał bielmo na jednym
(a) bulky nobleman who had (a) cataract on one

oku, a na czole dziurę wielkości talara,
eye and on (the) forehead (a) hole (the) size (of a) thaler
(a coin)

przez którą świeciła naga kość. — Kundys to,
through which shone (the) naked skull (A) cur this

nie ogar! pozwól waść — mówił dalej zwracając
not (a) hound allow you said further turning

się do Skrzetuskiego — abym mu służby
himself to Skshetuski that (I) would my service

moje ofiarował. Jan Zagłoba herbu
mine offered Yan Zagloba (of) escutcheon

Wczele,   co   każdy   snadno   poznać   może
In-the-forehead   what   to each   easily   know   may

choćby   po   onej   dziurze,   którą   w   czele   kula
at least   by   this   hole   which   in   (the) forehead   (a) bullet

rozbójnicka   mi   zrobiła,   gdym   się   do   Ziemi
(of a) robber   me   made   when   myself   to   (the) Land

Świętej   za   grzechy   młodości   ofiarował.
Holy   for   sins   (of the) youth   offered

—   Dajże   waść   pokój   —   rzekł   Zaćwilichowski   —
   Do give   you   rest   said   Zatsvilikhovski
       Give it a rest

powiadałeś   kiedy   indziej,   że   ci   ją   kuflem   w
(you) said   when   else   that   you   her   (with a) tankard   in
       an other time

Radomiu   wybito.
Radom   struck

—   Kula   rozbójnicka,   jakom   żyw!   W   Radomiu   było
   (A) bullet   (of a) robber   as (I am)   alive   In   Radom   was

   co   innego.
something   else

— Ofiarowałeś się waść do Ziemi Świętej...
(You) offered yourself you to (the) Land Holey
(You) made a vow

może, aleś w niej nie był, to pewna.
maybe but in her not was this (is) certain

— Nie byłem, bom już w Galacie palmę
Not (I) was for already in Galats (the) palm

męczeńską otrzymał. Jeśli łżę, jestem arcypies,
(of) martyrdom received If (I) lie (I) am (an) arch-dog

nie szlachcic.
not (a) nobleman

— A taki breszesz i breszesz!
But such (you) babble and babble

— Szelmą jestem bez uszu. W wasze ręce,
(A) rogue (I) am without hearing In your hands

panie namiestniku!
sir lieutenant

Tymczasem przychodzili i inni, zawierając z
Meanwhile came up also others entering with

panem Skrzetuskim znajomość i afekt
Mr. Skshetuski to acquaint (themselves) and express

mu swój oświadczając, nie lubili bowiem ogólnie
him their regard not liked because generally

Czaplińskiego i radzi byli, że go taka
Chaplinski and happy (they) were that him so

spotkała konfuzja. Rzecz dziwna i trudna dziś
met disgrace (A) thing strange and difficult today

do zrozumienia, że tak cała szlachta w okolicach
to understand that so all noblemen in (the) vicinity

Czehryna, jak i pomniejsi właściciele słobód,
(of) Chigirin as also (the) smaller owners (of) steads

dzierżawcy ekonomii, ba! nawet ze służby
tenants (of) economy bah even with service
lease holders

Koniecpolskich, wszyscy wiedząc, jako zwyczajnie w
(of) Konyetspolskis all knowing as commonly in

sąsiedztwie, o zatargach Czaplińskiego z
neighbors about (the) disbutes (of) Chaplinski with

Chmielnickim, byli po stronie tego ostatniego.
Khmelnytsky were on (the) side (of) this latter

Chmielnicki bowiem miał sławę znamienitego
Khmelnytsky becase (he) had fame (as a) famous

żołnierza, który niemałe zasługi w różnych wojnach
soldier who no-mean services in various wars
(great)

położył. Wiedziano także, że sam król się
laid out (It) was known also that (the) very king himself
(rendered)

z nim znosił i wysoce jego zdanie cenił, na
with him bore and high his opinion prized on

całe zaś zajście patrzono tylko jak na zwykłą
all and incident looked only as at (the) usual

burdę szlachcica ze szlachcicem, jakich to
squabble (of) nobleman with nobleman which this

burd na tysiące się liczyło, zwłaszcza w
wrangles by thousands itself counted especially in

ziemiach ruskich. Stawano więc po stronie tego,
(the) lands of the Rus Stood so on (the) side this (one)
the old viking lands

kto sobie więcej przychylności zjednać umiał, nie
who himself more goodwill drum up managed not

przewidując, by z tego takie straszliwe skutki
foreseeing would with this such terrible effects

wyniknąć miały. Później dopiero zapłonęły serca
result had Later only flamed up (the) hearts

nienawiścią ku Chmielnickiemu, ale zarówno
(with) hatred to Khmelnytsky but equally

serca szlachty i duchowieństwa
(the) hearts (of the) noblemen and (the) clergy

obydwóch obrządków.
(of) both offices
Long live

Przychodzili tedy do pana Skrzetuskiego z
Came up presently to Mr. Skshetuski with

kwartami mówiąc: 'Pij, panie bracie! Wypij i
quarts (of liquor) saying Drink sir brother Drink up also

ze mną! — Niech żyją wiśniowiecczycy! Tak
with me Let live Vishnyevetski's (men) So
Long live

młody, a już porucznik u księcia. Vivat
young and already (a) lieutenant with (the) Prince Cheers

książę Jeremi, hetman nad hetmany! Z księciem
(to) Prince Yeremi hetman over hetmans With Prince

Jeremim pójdziemy na kraj świata! — Na
Jeremy (we) will go to (the) end (of the) earth To

Turków i Tatarów! — Do Stambułu! Niech żyje
(the) Turks and (the) Tartars To Istambul Let live

miłościwie nam panujący Władysław IV!' Najgłośniej
graciously our lordship Vladislav 4 (The) loudest

zaś krzyczał pan Zagłoba, który sam jeden gotów
and shouted Mr. Zagloba who self alone ready

był cały regiment przepić i przegadać.
was (a) whole regiment to out-drink and out-talk

— Mości panowie! — wrzeszczał, aż szyby w
Honorable gentlemen (he) shouted until (the) panes in

oknach dzwoniły — pozwałem ja już
(the) windows rattled summoned I already

jegomości sułtana do grodu za gwałt, którego
his honor (the) sultan to court for assault which

się na mnie w Galacie dopuścił.
himself on me in Galats (he) allowed

— Nie powiadajże waćpan lada czego, żeby ci
Not speak you-sir - of that in order that you

się gęba nie wystrzępiła!
yourself (the) mouth not off-skin

— Jak to, mości panowie? Quatuor articuli judicii
How this honorable gentlemen Four articles (of) law

castrensis: stuprum, incendium, latrocinium et vis
military rape arson theft and force

armata alienis aedibus illata — a czyż nie była
army foreign (the) house hurt and what not was

to właśnie vis armata?
this exactly force army

— Krzykliwy z waści głuszec.
Noise with you (a) woodcock

— I   choćby do trybunału pójdę!
And   though   to   (the) tribunal   (I) will go

— Przestańże wasze...
    quiet   yourself

— I   kondemnatę   uzyskam,   i   bezecnym   go
And   (a) condemnation   will get out   and   proclaim   him

ogłoszę,   a   potem   wojna,   ale   już   z
(an) outlaw   and   then   war   but   already   with

infamisem.
(an) infamous (man)

— Zdrowie waszmościów!
    Health   (to) your honors
         (to you, gentlemen)

Niektórzy wszelako śmieli   się,   a   z   nimi
   Some   still   laughed   -themselves-   and   with   them

i   pan   Skrzetuski,   bo   mu
also   Mr.   Skshetuski   because   (of) him

się z czupryny trochę kurzyło, szlachcic zaś
itself from (the) forelocks (a) bit   smoked   (the) nobleman   also
              being a bit tipsy

tokował dalej naprawdę jak głuszec, który się
babbled further really like (a) woodcock who itself

własnym głosem upaja. Na szczęście dyskurs jego
its own voice charms For happiness discourse his
Fortunately

przerwany został przez innego szlachcica, który
interrupted was by another nobleman who

zbliżywszy się, pociągnął go za rękaw i
approaching himself pulled him by (the) sleeve and

rzekł śpiewnym litewskim akcentem:
said (in) singing Lithuanian accent

— Poznajomijże waćpan, mości Zagłobo, i mnie
Introduce you-sir honorable Zagloba also me

z panem namiestnikiem Skrzetuskim...
with Mr. lieutenant Skshetuski
(to)

poznajomijże!
introduce me please

— A i owszem, i owszem. Mości
And also of course and of course Honorable

111

namiestniku, oto jest pan Powsinoga.
lieutenant this is Mr. Povsinoga

— Podbipięta — poprawił szlachcic.
Podbipienta corrected (the) nobleman

— Wszystko jedno! herbu Zerwipludry...
All one (the) crest of Tear-trousers
(the same)

— Zerwikaptur — poprawił szlachcic.
Tear-cowl corrected (the) nobleman

— Wszystko jedno. Z Psichkiszek.
All one From Dog-entrails
(the same)

— Myszykiszek — poprawił szlachcic.
Mouse-entrails corrected (the) nobleman

— Wszystko jedno. Nescio, co bym
All one I do not know what (I) would (have)
(the same) {Latin}

wolał, czy mysie, czy psie kiszki. Ale to
shouted whether mouse or dog entrails But this

pewna, że bym w żadnych mieszkać nie
(is) certain that (I) would (be) in either place not

chciał, bo to i osiedzieć się tam niełatwo,
wanted because this also over-sit oneself there not-easy
(move)

i wychodzić niepolitycznie. Mości panie! —
and to go out impolite Honorable sir

mówił dalej do Skrzetuskiego ukazując Litwina
(he) said further to Skshetuski showing (the) Lithuanian

— oto tydzień już piję wino za pieniądze
this week already (I) drink wine for money

tego szlachcica, któren ma miecz za pasem
(of) this nobleman who has (a) sword at (his) belt

równie ciężki jak trzos, a trzos równie ciężki
equally heavy as (his) purse and (a) purse equally heavy

jak dowcip. Ale jeślim pił kiedy wino za
as (his) wit But if (I) drunk ever wine for

pieniądze większego cudaka, to pozwolę się
money (of a) bigger weirdo then (I) allow myself

nazwać takim kpem, jak ten, co mi wino kupuje.
to call such (a) fool as this one that me wine buys

— A to go objechał! — wołała śmiejąc
And this him toured cried laughing
(gave a description)

się szlachta.
-himself- (the) nobleman

Ale Litwin nie gniewał się, kiwał tylko
But (the) Lithuanian not angered himself (he) waved only

ręką, uśmiechał się łagodnie i powtarzał:
(the) hand smiled -himself- kindly and repeated

— At, dałbyś waćpan pokój... słuchać
Oh gave-would you-sir peace to listen (to you)
(if would) (quiet down)

hadko!
(is) terrible

Pan Skrzetuski przypatrywał się ciekawie tej
Mr. Shketuski looked -himself- curiously (at) this

nowej figurze, która istotnie zasługiwała na nazwę
new figure which in truth deserved for name

cudaka. Przede wszystkim był to mąż wzrostu tak
weirdo Before all was this man built so

wysokiego, że głową prawie powały dosięgał,
high that (the) head truly (the) ceiling reached

a chudość nadzwyczajna wydawała go wyższym
and (the) leanness extreme gave-out him higher
(made appear)

jeszcze. Szerokie jego ramiona i żylasty kark
still (The) wide his shoulders and sinewy neck

zwiastowały niepospolitą siłę, ale była na nim
indicated uncommon strength but was on him

tylko skóra i kości. Brzuch miał tak wpadły
only skin and bones (The) stomach (he) had so fallen in

pod piersią, że można by go wziąć za
under (the) chest that possible would be him to take for

głodomora, lubo ubrany był dostatnio, w
(a) starving (man) though (the) clothing was rich in

szarą opiętą kurtę ze świebodzińskiego sukna,
gray tight-fitting coat of Sveboda cloth

z wąskimi rękawami, i wysokie szwedzkie buty,
with narrow arms and high Swedish boots
(sleeves)

które na Litwie zaczynały wchodzić w użycie.
which on Lithuania started to go in use
(in) (fashion)

Szeroki i dobrze wypchany łosiowy pas, nie
Wide and well filled elbow belt not

mając na czym się trzymać, opadał mu aż na
having on it itself to support fell him until on
(had fallen)

biodra, a do pasa przywiązany był krzyżacki
(the) hips and to (the) belt attached was (a) Crusader's

miecz tak długi, że temu olbrzymiemu mężowi
sword so long that (it) (of) this gigantic man

prawie do pachy dochodził.
right to (the) shoulders reached

Ale kto by się miecza przelękł, wnet
But who would be himself (at the) sword frightened shortly

by się uspokoił, spojrzawszy na twarz
would be himself calmed down seeing on (the) face
(reassured)

jego właściciela. Była to twarz chuda, również jak
(of) its owner Was this (a) face thin equal like

i cała osoba, ozdobiona dwiema zwiśniętymi
also (the) whole person adorned (by) two drooping

ku dołowi brwiami i parą tak samo zwisłych
-to- down brows and (a) pair such same hanging

konopnego koloru wąsów, ale tak poczciwa, tak
hemp colored mustaches but so honest so

szczera, jak u dziecka. Owa obwisłość wąsów
sincere like with (a) child Those drooping mustaches

i brwi nadawała jej wyraz stroskany,
and brows gave him (an) expression sorrowful

smutny i śmieszny zarazem. Wyglądał na
thoughtful and ridiculous at the same time (He) looked like -on-

człeka, którego ludzie popychają, ale panu
(a) person who people elbow aside but Mr.

Skrzetuskiemu podobał się z pierwszego
Skshetuski pleased himself from (the) first

wejrzenia za ową szczerość twarzy i doskonały
sight for both (the) sincerity (of his) face and perfect

117

moderunek żołnierski.
moderateness   (of a) soldier
(self control)

— Panie namiestniku — rzekł — to waszmość od
    Mr.   lieutenant   (he) said   so   your-honor   from

księcia pana Wiśniowieckiego?
Prince   Sir   Vishnyevetski

— Tak jest.
    So   (it) is

Litwin   ręce   złożył   jako do modlitwy
(The) Lithuanian (the) hands placed together as if to   prayer

i   oczy   podniósł w górę.
and (the) eyes raised   in   top
                                up

— Ach,   co to za wielki wojennik!   co   to   za
    Ah   what this for great   warrior   what this for
              what a mighty warrior

rycerz! co to za wódz!
knight   what this for leader

—   Daj   Boże   Rzeczypospolitej   takich   jak
    Grant   God   (the) Commonwealth   such   as

najwięcej.
many as possible

— I pewno, i pewno! A czyby nie można
And surely and surely And probably not could (I)

do niego pod znak?
to him under sign
enter his service

— Będzie waści rad.
(He) will be (with) you happy

Tu pan Zagłoba wtrącił się do
Here Mr. Zagloba interrupted -himself- -to-

rozmowy:
(the) conversation

— Będzie miał książę dwa rożny do kuchni:
Will had (the) Prince two spits to (the) kitchen
(have)

jeden z waćpana, drugi z jego miecza, albo
one with you-sir (the) other with his sword or
(in)

najmie waści za mistrza, albo każe na wasanu
(he) will hire you as cook or order on you

zbójów wieszać lub sukno na barwę będzie
robbers to hang or cloth on colors (he) will
uniforms

waspanem mierzył! Tfu, jak się waćpan nie
(with) you-sir measure Tfu how yourself you-sir not

wstydzisz, będąc człowiekiem i katolikiem, być
shame being (a) man and (a) Catholic to be
(are ashamed)

tak długim, jak serpens lub jak pogańska włócznia!
so tall as (a) serpent or as (the) lance (of an) infidel

— Słuchać hadko — rzekł cierpliwie
To listen (to you) (is) disgusting said patiently

Litwin.
(the) Lithuanian

— Jakże też godność waszeci? — spytał pan
How also (the) rank (of) you asked Mr.

Skrzetuski — bo gdyś mówił, pan Zagłoba
Skshetuski because when (you) spoke Mr. Zagloba

tak waści podrywał, że z przeproszeniem
so much you interrupted that with (my) pardon

nic   nie mogłem zrozumieć.
nothing not (I) could understand

— Podbipięta.
Under-the-heel

— Powsinoga.
Gadabout

— Zerwikaptur z Myszykiszek.
Bellflower-hood from Mouse-entrails

— Masz   babo   pociechę! Piję jego wino, ale
(You) have (a) woman's solace (I) drink his wine but

kpem jestem, jeśli to nie pogańskie imiona.
(a) fool (I) am if these not (are) outlandish titles

— Dawno waść z Litwy? — pytał namiestnik.
  Long   you   from Lithuania   asked (the) lieutenant
(Once were)

— At,   już   dwie   niedziele w Czehrynie.
   Well already (I am) two weeks in Chigirin

Dowiedziawszy   się   od pana Zaćwilichowskiego,
  Learning   myself from Mr.   Zatsvilikhovski

że waść tędy ciągnąć będziesz, czekam, by pod
that you this way to draw will be (I) wait for under
                (to come)

jego opieką księciu moje prośby przedstawić.
his patronage (the) Prince my request to propose

— Powiedzże mi waszmość, proszę, bom ciekaw,
    Tell me your-honor (I) beg for (I am) curious

czemu też taki katowski miecz pod pachą
why also such (an) executioner's sword under (the) armpit

nosisz?
(you) carry

— Nie katowski to, mości namiestniku, ale
    Not (an) executioner's this honorable lieutenant but

krzyżacki, a noszę, bo zdobyczny i
(a) crusader's (sword) and (I) wear (it) because (it is a) trophy and

dawno w rodzie. Już pod Chojnicami służył
long in (the) family Already under Khoinitsi (I) served

w litewskim ręku — tak i noszę.
in Lithuanian hands (as) such I carry (it)

— Ale to sroga machina i ciężka być
But this (is) (a) savage machine and (the) weight be

musi okrutnie — chyba do obu rąk?
must terrible probably (it's) for both hands

— Można do obu, można do jednej.
Possibly for two possibly for one

— Pokażże wasze!
Show (me) you

Litwin wydobył i podał, ale panu
(The) Lithuanian drew (it) out and gave (it) but Mr.

Skrzetuskiemu ręka zwisła od razu. Ni się
Skshetuski's arm dropped at once Not himself

złożyć, ni cięcia wymierzyć swobodnie. Na dwie
point neither (a) cut mete out freely At two

ręce poradził, ale jeszcze było za ciężko. Więc
hands (he) tried but still (it) was too heavy So

pan Skrzetuski zawstydził się trochę i
Mr. Skshetuski ashamed himself a bit and

zwróciwszy   się   do   obecnych:
turned   himself   to   (those) present

—   No,   mości   panowie   —   rzekł   —   kto   krzyż
Well   honorable   gentlemen   (he) said   who   (a) cross

uczyni?
(can) make

—   My   już   próbowali   —   odrzekło   kilkanaście
We   already   tried   answered   several

głosów.   —   Jeden   pan   komisarz   Zaćwilichowski
voices   Only   Mr.   commisioner   Zatsvilikhovski

podniesie, ale   krzyża   i   on   nie   uczyni.
raises (it)   but   (a) cross   also   he   not   (can) make

—   No,   a   waćpan?   —   pytał   pan   Skrzetuski
Well   and   you-sir   asked   Mr.   Skshetuski

zwracając   się   do   Litwina.   Szlachcic
turning   himself   to   (the) Lithuanian   (The) nobleman

podniósł   miecz   jak   trzcinę   i   machnął   nim
raised   (the) sword   like   (a) cane   and   whirled   it
                         (as if)

kilkanaście razy z największą łatwością, aż
several times with (the) greatest ease until

powietrze warczało w izbie, a wiatr powiał
(the) air whistled in (the) room and (a) breeze blew

po twarzach.
on (the) faces

— A niechże waści Bóg sekunduje! — zawołał
And let yours God (be) aid cried

Skrzetuski. — Pewną masz służbę u księcia
Skshetuski Surely (you) have service with (the) Prince

pana!
sir

— Bóg widzi, że jej pragnę, bo mi miecz w
God knows that her (I) wish because my sword in
{service}

niej nie zardzewieje.
her not will rust

— Ale dowcip do reszty — rzekł pan Zagłoba —
But (the) wit for (the) rest said Mr. Zagloba

gdyż nie umiesz waść tak samo nim obracać.
since not know how you so self it to use (it)

Zaćwilichowski wstał i obaj z namiestnikiem
Zatsvilikhovski rose and both with (the) lieutenant

zabierali się do odejścia, gdy naraz wszedł
prepared themselves to go out when at-once entered
(suddenly)

do izby biały jak gołąb człowiek i
(in)to (the) room (a) white as (a) dove man and

spostrzegłszy Zaćwilichowskiego rzekł:
spotting Zatsvilikhovski said

— Mości chorąży komisarzu, ja tu do pana
Honorable ensign commissioner I (am) here for (you) sir

umyślnie!
on purpose

Był to Barabasz, pułkownik czerkaski.
Was this Barabash (the) colonel (of) Cherkasi
It was

— To chodźże waszmość do mnie na kwaterę
Then go your-honor to my at (the) quarters

— rzekł Zaćwilichowski. — Tu już się tak ze
said   Zatsvilikhovski   Here already oneself so with

łbów   kurzy, że i świata nie widać.
(the) foreheads smoke so that also light not to see

Wyszli   razem, a Skrzetuski z nimi. Zaraz
(They) went out together and Skshetuski with them At once

za   progiem Barabasz spytał:
over (the) threshold Barabash   asked

— Czy nie ma wieści o   Chmielnickim?
Whether not has news about Khmelnytsky
    Is there

— Są.   Uciekł na Sicz. Oto ten oficer spotkał
(There) are (He) fled to Saitch Here this officer   met
(There is)

go wczoraj na stepie.
him yesterday on (the) steppe

— To nie wodą pojechał? Pchnąłem gońca do
Then not (by) water (he) went (I) hurried (a) courier to

Kudaku, by go   łapano,   ale jeśli tak, to na
Kudak for him (to) seize but if so this on
           (to have seized)   (in)

próżno.
vain

To rzekłszy Barabasz zatknął rękami oczy
This saying Barabash covered (with the) hands (the) eyes

i począł powtarzać:
and started to repeat

— Ej! spasi Chryste! spasi Chryste!
Oh save (us) Christ save (us) Christ

— Czego wać trwożysz?
Why you disturb
(are disturbed)

— A czy waszmość wiesz, co on mi zdradą
And what your-honor knows that he (on) me treason
do you know

wydarł? Czy wiesz, co to znaczy
wrought What (you) know what then (it) means
Do you know

takie dokumenta w Siczy opublikować?
such documents in (the) Saitch to publish
the royal letters of rebellion

Spasi Chryste! Jeśli król wojny z
Save (us) Christ If (the) King war with

bisurmanem nie uczyni, to iskra na
(the) musulmen not makes this (is) (the) spark in

prochy...
(the gun) powder

— Rebelię waszmość przepowiadasz?
(A) rebellion your-honor predicts

— Nie przepowiadam, bo ją widzę, a
Not (I) predict because her see and

Chmielnicki lepszy
Khmelnytsky (is) superior

od Nalewajki i od Łobody.
from Nalivaika and from Loboda
{earlier rebel leaders}

— A kto za nim pójdzie?
And who after him will go
will follow him

— Kto? Zaporoże, regestrowi, mieszczanie,
Who Zaporojians registered Cossacks townfolk

czerń, futornicy — i tacy ot!
(the) mob cottagers and these here

Tu — Here
pan — Mr.
Barabasz — Barabash
wskazał — pointed
na — at
rynek — (the) market
i — and
na — at

uwijających — (the) moving
się — themselves
po — around
nim — him
ludzi. — people
Cały — (The) whole

rynek — market
był — was
zapchany — thronged
wielkimi — (with) great
siwymi — gray
wołami — oxen

pędzonymi — on the way
ku — to
Korsuniowi — Korsun
dla — for
wojska, — (the) army
a — and
przy — before

wołach — (the) oxen
szedł — went
mnogi — many
lud — people
pastuszy, — (of the) herd
(herdsmen)
tak — so
zwani — called

czabanowie, — Chabani
którzy — who
całe — (their) whole
życie — life
w — in
stepach — (the) steppes
i — and

pustyniach — wilderness
spędzali — spend
—
ludzie — people
zupełnie — totally
dzicy, — wild
nie — not

wyznający — professing
żadnej — any
religii — religion
—
religionis — religion
nullius, — null
jak — as
{Latin: of no religion}

mówił — said
wojewoda — (the) Voevoda
Kisiel. — Kisel
Spostrzegałeś — Spotted
między — between
nimi — them

postacie podobniejsze do zbójów niż do
(were) figures more like to robbers than to

pasterzy, okrutne, straszne, pokryte łachmanami
hersman fierce terrible covered (with) remnants

rozmaitych ubiorów. Większa ich część była
(of) various garments (The) greater (of) their part were
Most of them

przybrana w tołuby baranie albo w
dressed in doublets (of) sheep(skin) or in

niewyprawne skóry wełną na wierzch,
untanned skins (with the) wool on (the) outside

rozchełstane na przodzie i ukazujące, choć
disheveled on (the) front and showing although
(open)

była to zima, nagą pierś spaloną od
(it) was then winter (the) naked breast burned from

wiatrów stepowych.
(the) winds (of the) steppe

Każden zbrojny, ale w najrozmaitszą broń: jedni
Every one was armed but in (the) most diverse arms some

mieli łuki i sajdaki na plecach, niektórzy
had bows and quivers on (the) shoulders some

samopały albo tak zwane z kozacka 'piszczele',
muskets or so called from (the) Cossacks squealers

inni szable tatarskie, inni kosy lub wreszcie
others sabres Tartar others scythes or finally

tylko kije z przywiązaną na końcu szczęką
only sticks with tied on (the) end (the) jaw

końską.
(of a) horse

Między nimi kręcili się mało co mniej dzicy,
Among them mingled themselves little what less wild
no less wild

choć lepiej zbrojni Niżowcy wiozący do obozu na
although better armed Lowlands bearing to camp for

sprzedaż rybę suszoną, zwierzynę i tłuszcz
(the) sale (of) fish dried game and fat

barani; dalej czumacy z solą, stepowi i leśni
(of) mutton farther Chumaki with salt steppe and forest
{ox-drivers}

pasiecznicy oraz woskoboje z miodem,
bee-keepers and wax-bleachers with honey
{archaic: pszczelarz}

osadnicy leśni ze smołą i dziegciem; dalej
dwellers (of the) forest with pitch and tar further

chłopi z podwodami, Kozacy regestrowi, Tatarzy
peasants with wagons Cossacks registered Tartars

z Białogrodu i Bóg wie nie kto — włóczęgi
from Belgorod and God knows not who vagabonds

— siromachy z końca świata.
vampires from (the) end (of the) earth

W całym mieście pełno było pijanych, w
In (the) whole town full was (of) drunks in

Czehrynie bowiem wypadał nocleg, więc i
Chigirin because fell out night-stay so in
(lodging)

hulatyka przed nocą. Na rynku
(a) frolic before (the) night On (the) market square
{archaic}

rozkładano ognie, gdzieniegdzie paliła się beczka
were scattered fires here and there burned itself (a) barrel

ze   smołą.
with   pitch

Zewsząd   dochodził   gwar   i   wrzaski.
From everywhere   arrived   bustle   and   cries

Przeraźliwy   głos   piszczałek   tatarskich   i
(The) shrill   sound   (of the) pipes (of the) Tartars   and

bębenków   mieszał   się   z   ryczeniem   bydła   i
drums   mixed   itself with (the) bellowing (of) cattle and

z   łagodniejszymi   głosami   lir,   przy   których
with   (the) softer   notes   (of the) lyre to   which

wtórze   ślepcy   śpiewali   ulubioną   wówczas
accompanied   (the) blind   sang   (the) beloved   at the time

pieśń:
song

Sokole jasnyj,
Falcon   bright

Brate   mij ridnyj,
Brother my   own

Ty   wysoko łetajesz,
Thou   high   soarest

Ty   dałeko widajesz.
Thou   far   seest

A   obok tego rozlegały się dzikie okrzyki:
And besides this relayed themselves wild shouts
(resounded)

'hu! ha! — hu! ha!', Kozaków tańczących na
U ha   U ha (the) Cossacks dancing on

rynku trepaka, pomazanych dziegciem i
(the) market (the) trepak smeared (with) tar and

pijanych zupełnie. Wszystko to razem było dzikie
drunk totally All this at once was wild

i rozszalałe. Dość było Zaćwilichowskiemu
and frenzied Enough was to Zatsvilikhovski

jednego spojrzenia, by się przekonać, że
one glance for himself to convince that

Barabasz miał słuszność, że lada podmuch mógł
Barabash had right because any breeze could
(was)

rozpętać — unleash
te — these
niesforne — unruly
żywioły — elements
skłonne — inclined
do — to

grabieży, — looting
a — and
przywykłe — accustomed
do — to
boju, — fight
których — (with) which
pełno — filled

było — was
na — on
całej — (the) whole
Ukrainie. — Ukraine
A — And
poza — behind
tymi — these
tłumami — crowds

stała — stood
jeszcze — still
Sicz, — Saitch
stało — stood
Zaporoże — Zaporojie
od — from
niedawna — not-long (ago) (since)

okiełznane — bridled
i — and
w — in
karby — (the) curb
po — after
Masłowym — Masloff
Stawie — Stav {Cossack internal coup}

ujęte, — captured
ale — but
gryzące — biting
niecierpliwie — impatiently
munsztuk, — (at the) bit

pomne — remembering
dawnych — ancient
przywilejów, — privileges
nienawidzące — hating

komisarzy, — commissioners
a — and
stanowiące — forming
uorganizowaną — (an) organized
siłę. — power

Siła — Power
ta — that
miała — had
przecie — yet
za — behind
sobą — itself
sympatię — (the) sympathy

niezmiernych mas chłopstwa mniej cierpliwego niż
(of a) measureless mass (of) peasants less patient than

w innych Rzplitej stronach, bo mającego
in other Commonwealth sides because having
(parts)

pod bokiem Czertomelik, a na nim
under (the) back Chertomelik and beyond it
(behind)

bezpaństwo, rozbój i wolę. Więc pan chorąży,
lordlessness booty and freedom So Mr. ensign

choć sam Rusin i gorliwy
though himself (a) Rus and zealous

wschodniego obrządku stronnik, zadumał się
eastern rite supporter pondered himself
Orthodox faith

smutno.
gloomily

Jako człek stary, pamiętał dobrze czasy
As man old (he) remembered well (the) times

Nalewajki, Łobody, Kremskiego, znał ukraińskie
(of) Nalivaika Loboda (and) Krempski (he) knew (the) Ukrainian
{Ukrainian rebel leaders}

rozbójnictwo lepiej może jak ktokolwiek na Rusi,
bandits better perhaps than any one in Rus

a znając jednocześnie Chmielnickiego wiedział,
and knowing at the same time Khmelnytsky (he) knew

że on wart dwudziestu Łobodów i
that he (was) worth twenty Loboda's and

Nalewajków.
Nalivaika's

Zrozumiał tedy całe niebezpieczeństwo jego
(He) understood therefore all (the) danger (of) his

na Sicz ucieczki, zwłaszcza z listami
to Saitch escape especially with (the) letters

królewskimi, o których pan Barabasz powiadał,
(of the) King about which Mr. Barabash (had) said

że były pełne obietnic dla Kozaków i
that (they) were full (of) promises for (the) Cossacks and

zachęcające ich do oporu.
incitements (to) them to resistance
(to the nobles)

— Mości pułkowniku czerkaski — rzekł do
Honorable colonel (of the) Cherkasi (he) said to

Barabasza — powinien byś waszmość na Sicz
Barabash should be your-honor to Saitch

jechać, wpływy Chmielnickiego równoważyć i
go (the) influence (of) Khmelnytsky neutralize and

pacyfikować, pacyfikować!
pacify pacify

— Mości chorąży — odparł Barabasz — powiem
Honorable ensign answered Barabash (I) say

tylko tyle waszmości, że na samą wieść o
only so much (to) your-honor that on (the) same news about

ucieczce Chmielnickiego z papierami połowa
(the) escape (of) Khmelnytsky with (the) papers half

moich czerkaskich ludzi dzisiejszej nocy także na
my Cherkasi people today night also to

Sicz za nim zbiegła. Moje czasy już minęły
Saitch after him ran My time already (has) passed

— mnie mogiła, nie buława!
me (the) grave not (the) baton

Rzeczywiście Barabasz był żołnierz dobry, ale
Indeed Barabash was (a) soldier good but

człowiek stary i bez wpływu.
(the) man (was) old and without influence

Tymczasem doszli do kwatery
Meanwhile (they) arrived to (the) quarters

Zaćwilichowskiego; stary chorąży odzyskał już
(of) Zatsvilikhovski (the) old ensign (had) regained already

trochę pogody umysłu właściwej jego gołębiej
(a) bit (the) weather (of) mind natural his dove-like
(the state)

duszy i gdy zasiedli nad półgarncówką
soul and when (they) sat down to half a gallon

miodu, rzekł raźniej:
(of) mead (he) said briskly

— Wszystko to furda, jeśli, jak mówią, wojna
All this (is) nothing if as (they) say war

z bisurmanempraeparatur, a podobno że tak
with (the) musulman-in-preparation and (it is) likely that such
{half Latin}

i jest, bo choć Rzeczpospolita wojny
also is (the case) because though (the) Commonwealth war

nie chce i niemało już sejmy królowi
not wants and not-little already (the) mp's (the) King
(the parlementarians)

krwi napsuły, wszelako król może na swoim
(the) blood spoiled still (the) king may on his own

postawić. Cały ten ogień można będzie na Turka
stand All this fire may be on (the) Turks

obrócić, a w każdym razie mamy przed sobą
turned and in every case (we) have before us

czas.
time

Ja sam pojadę do pana krakowskiego i
I myself will go to Mr. of Krakow and
{Pototski}

zdam mu sprawę, i będę prosił, by
(I will) hand over him (the) case and will asked would
(ask)

się — himself
jak — as
najbliżej — close
ku — to
nam — us
z — with
wojskiem — (his) army

przymknął. — cover
Czy — Whether
co — that
wskóram, — (I will) attain
nie — not
wiem, — (I) know
bo — because

chociaż — although
to — this
pan — gentleman
mężny — (is) valiant
i — and
wojownik — (a) warrior

doświadczony, — experienced
ale — however
okrutnie — (he is) terrible
w — in
swoim — his
zdaniu — judgement

i — and
swoim — his
wojsku — warrior
dufny. — confidence
Waść, — You
mości — honorable

pułkowniku — colonel
czerkaski, — (of the) Cherkasi
trzymaj w ryzie — keep in ream / keep a leash on
Kozaków — (the) Cossacks

— a — and
waszeć, — you
mości — honorable
namiestniku, — lieutenant
po — on
przybyciu — arrival

do — to
Łubniów — Lubni
ostrzeż — warn
księcia, — (the) Prince
by — would (that)
na — on
Sicz — Saitch

baczność — (his) attention
obrócił. — turned
Choćby — Even if
mieli — (they) had
co — what
począć — to start —

repeto: mamy czas.
(I) repeat (we) have time

Na Siczy teraz ludzi niewiele: za rybą i za
On (the) Saitch now people not many after fish and after

zwierzem się porozchodzili i po
game themselves (they) separated and through

całej Ukrainie we wsiach siedzą. Nim się
(the) whole Ukraine in villages (they) sit Before themselves

ściągną, dużo wody w Dnieprze upłynie.
(they) assemble much water in (the) Dnieper elapses
(flows through)

Przy tym imię księcia straszne i gdy się
By that (the) name (of the) Prince (is) terrible and when itself

zwiedzą, że na Czertomelik oczy ma obrócone,
(they) know that on Chertomelik (the) eyes has turned

może będą cicho siedzieli.
perhaps (they) will quietly settle

— Ja z Czehryna choćby we dwóch dniach
I from Chigirin even in two days

143

ruszyć gotowy — rzekł namiestnik.
to move (am) ready said (the) lieutenant

— To i dobrze. Dwa i trzy dni nic nie
This also good Two and three days nothing not

znaczą. Waszmość, panie czerkaski, pchnij też
(they) mean Your-honor Mr. Cherkasi send also

gońców z oznajmieniem sprawy do pana
couriers with (the) statements (of) affairs to Mr.

chorążego koronnego i do księcia Dominika. Ale
ensign royal and to Prince Dominic But

waszmość już śpisz, jak widzę?
your-honor already sleep as (I) see

Rzeczywiście, Barabasz złożył ręce na
Indeed Barabash (had) laid (the) hands on

brzuchu i zdrzemnął się głęboko; po chwili
(the) stomach and slumbered himself deeply at times

nawet chrapać zaczął. Stary pułkownik, gdy nie
even to snore started Old colonel when not

jadł i nie pił, co oboje nad wszystko
(he) ate and not (he) drank what both over all

lubił, to spał.
(he) liked then slept

— Patrz, waszeć — rzekł cicho do namiestnika
Look you said silently to (the) lieutenant

Zaćwilichowski — i przez takiego to starca
Zatsvilikhovski and by that then (the) old

warszawscy statyści chcieliby Kozaków w
Warsaw statesmen would like (the) Cossacks in

ryzie utrzymać. Bóg z nimi! Ufali też i
(the) reams to hold God with them (They) trust also and

samemu Chmielnickiemu, z którym kanclerz
(the) same Khmelnytsky with which (the) chancellor

w jakoweś układy wchodził, a który podobno
in some negotiations entered and who supposedly

srodze ufność zawiedzie.
sorely (the) trust fails

Namiestnik westchnął na znak współczucia
(The) lieutenant signed in token (of) sympathy

staremu chorążemu. Barabasz zaś chrapnął
(with the) old ensign Barabash however snored

silniej, a potem mruknął przez sen:
more powerful and then murmured though (the) sleep

— Spasi Chryste! spasi Chryste!
Save (us) Christ save (us) Christ

— Kiedyż waść myślisz z Czehryna ruszyć? —
When you think from Chigirin to move

spytał chorąży.
asked (the) ensign

— Wypada mi ze dwa dni Czaplińskiemu
Falls to me for two days (for) Chaplinski

poczekać, które pewnie będzie chciał konfuzji,
to wait who surely will want (a) confusion
(a court action)

jaka go spotkała, dochodzić.
as him (I) met to claim

— Nie uczyni tego. Prędzej by na waści sług
Not (he) will do this Rather would on you servants

swoich nasłał, gdybyś barwy książęcej
his (he) sent when (you) would (the) colors (of the) Prince

nie nosił — ale z księciem zadrzeć straszna
not carried but with (the) Prince to tear terrible
(to fight)

rzecz nawet dla sługi Koniecpolskich.
thing even for (the) servants (of) Konyetspolskis

— Oznajmię mu, że czekam, a w dwa lub w
(I) will notify him that (I) wait and in two or in

trzy dni ruszę. Zasadzki też nie obawiam się,
three days (I) move (An) ambush also not (I) fear myself

mając przy boku szablę i garść ludzi.
having by (the) side (a) sabre and (a) party (of) men

To rzekłszy namiestnik pożegnał starego
This saying (the) lieutenant took farewell (of the) old

chorążego i wyszedł.
ensign and went out

Nad miastem świeciła tak jasna łuna od
Over (the) town lit such (a) clear glow from

stosów nałożonych na rynku, że rzekłbyś:
(the) stacks laid on on (the) market that said you would
(the firewood)

cały Czehryn się pali, a gwar i krzyki
all Chigirin itself burned and (the) bustle and shouts

wzmogły się jeszcze z nastaniem nocy.
increased themselves still with (the) approach (of) night

Żydzi nie wychylali się wcale ze swych
(The) jews not leaned themselves at all from their

domostw. W jednym kącie tłumy czabanów wyły
houses In every corner crowds (of) Chabani howled

posępne pieśni stepowe. Dzicy Zaporożcy tańczyli
plaintive songs (of the) steppe Wild Zaporojians danced

koło ognisk rzucając w górę czapki, paląc z
around (the) fires hurling in top (their) caps firing from
(the air)

piszczeli i pijąc kwartami gorzałkę.
(their) squealers and drinking quarters (of) gorailka
(their muskets)

Tu i owdzie zrywała się bijatyka, którą
Here and there broke out itself (a) scuffle which

uśmierzali ludzie starostki. Namiestnik musiał
put down (the) men (of the) starosta (The) lieutenant must
(the foreman) (had to)

torować sobie drogę rękojeścią szabli i
clear for himself (the) way (by the) hilt (of the) sabre and

słuchając tych wrzasków i szumu kozaczego,
hearing these screams and noise (of the) Cossacks

chwilami myślał sobie, że to już rebelia
at times thought by himself that this already (the) rebellion

tak przemawia. Zdawało mu się także, że widzi
so speaks (It) seemed to him itself also that visible

groźne spojrzenia i słyszy ciche, zwracane ku
threatening looks and audible quiet turned to
(directed)

sobie klątwy. W uszach brzęczały mu jeszcze
himself curses In (the) ears rang him still

słowa Barabasza: 'Spasi Chryste, spasi
(the) words (of) Barabash Save (us) Christ save (us)

Chryste!' i serce biło mu żywiej.
Christ and (the) heart beat him more lively

A tymczasem w mieście czabanowie zawodzili
And meanwhile in town (the) Chabani wailed

coraz głośniej chorowody, a Zaporożcy palili
continually voicier (their) choirs and (the) Zaporojians fired
(louder)

z samopałów i kąpali się w gorzałce.
from (their) muskets and bathed themselves in gorailka

Strzelanina i dzikie 'u-ha! u-ha!' dochodziły do
(The) firing and wild u-ha u-ha arrived to

uszu namiestnika nawet wówczas, gdy już
(the) ears (of the) lieutenant even in the time when already
(then)

położył się spać w swojej kwaterze.
(he) laid himself to sleep in his quarters

Rozdział III

Rozdział III
Chapter   3

W	kilka	dni	później	poczet	naszego
In	(a) few	days	later	(the) fellowship	(of) our

namiestnika	posuwał	się	raźno	w	stronę
lieutenant	moved on	itself	briskly	in	(the) direction

Łubniów.	Po	przeprawie	przez	Dniepr	szli
(of) Lubni	After	(the) passage	over	(the) Dnieper	(they) went

szeroką	drogą	stepową,	która	łączyła	Czehryn
(by a) wide	road	(of the) steppe	which	united	Chigirin

z	Łubniami	idąc	na	Żuki,	Semi-Mogiły	i
with	Lubni	going	on	Juki	Semi Mogil	and

Chorol.	Drugi	taki	gościniec	wiódł	ze	stolicy
Khorol	Another	such	highway	led	from	(the) capital

książęcej do Kijowa. Za dawniejszych czasów,
(of the) Prince / to / Kiev / From / longest / times
In times past

przed rozprawą hetmana Żółkiewskiego pod
before / (the) campaign / (of) hetman / Jolkyevski / against

Sołonicą, dróg tych nie było wcale. Do Kijowa
Solonitsa / roads these / not / were / at all / To / Kiev
these roads / (existed)

jechało się z Łubniów stepem i puszczą;
went / themselves / from / Lubni / (by) steppe / and / desert
people travelled

do Czehryna była droga wodna — z powrotem
to / Chigirin / was / (the) road / (by) water / with / (the) return

zaś jeżdżono na Chorol. W ogóle zaś owe
whereas / ridden / to / Khorol / In / general / again / those

naddnieprzańskie państwo — stara ziemia
beyond Dnieper / country / old / land

połowiecka — było pustynią mało co więcej od
(of the) Polovtsi / was / deserted / less / what / more / from
not much more

Dzikich Pól zamieszkaną, przez Tatarów często
(the) Wild / Fields / inhabited / by / (the) Tartars / often

zwiedzaną, dla watah zaporoskich otwartą.
visited for (the) bands (of) Zaporojians open

Nad brzegami Suły szumiały ogromne, prawie
On (the) banks (of the) Sula rustled immense almost

stopą ludzką niedotykane lasy — miejscami,
(by the) feet (of) humans untouched forests (in) places

po zapadłych brzegach Suły, Rudej, Śleporodu,
on (the) low banks (of the) Sula (the) Ruda (the) Sleporod

Korowaja, Orżawca, Pszoły i innych większych
(the) Korovai (the) Orjavets (the) Psel and other greater

i mniejszych rzek i przytoków, tworzyły się
and smaller rivers and streams formed itself

mokradła zarośnięte częścią gęstwiną krzów i
wetlands overgrown partly (by) thickets dense and

borów, częścią odkryte, pod postacią łąk.
pine forests partly open under figure (of) meadows
                                          (in) (the form)

W tych borach i bagniskach znajdował łatwy
In these pine forests and morasses found easy

przytułek zwierz wszelkiego rodzaju, w
refuge   beasts (of) every   kind   in

najgłębszych mrokach leśnych   żyła   moc
(the) deepest gloom   (of the) forest lived (the) powerful

niezmierna turów   brodatych, niedźwiedzi i
countless   aurochs bearded   bears   and

dzikich świń, a   obok   nich liczna   szara
wild   boars and next ot them (a) number (of) grey

gawiedź   wilków,   rysiów, kun,   stada sarn   i
population   (of) wolves lynxes   martens herds (of) deer and

kraśnych suhaków;   w   bagniskach   i   w   łachach
red   antelopes in (the) swamps and in (the) river

rzecznych bobry   zakładały swoje żeremia, o
arms   beavers built   their dams   about

których to   bobrach chodziły wieści   na Zaporożu,
which   these beavers went   stories in Zaporojia

że   są   między   nimi   stuletnie starce, białe jak śnieg
that are between them   100 year   olds   white as   snow

ze starości.
from old age

Na wysokich, suchych stepach bujały stada koni
On (the) high dry steppes roamed herds (of) horses
(the elevated)

dzikich o kudłatych głowach i krwawych
wild with shaggy heads and bloodshot

oczach. Rzeki roiły się rybą i
eyes (The) rivers swarmed itself (with) fish and

ptactwem wodnym. Dziwna to była ziemia, na
birds (of) water Wonderful then was (the) land
waterfowl

wpół uśpiona, ale nosząca ślady dawniejszego życia

ludzkiego.

Wszędzie pełno popieliszcz po jakichś
Everywhere (it was) filled (with the) ash on other

przedwiecznych grodach; same Łubnie i Chorol
ancient cities (the) very Lubni and Khorol

były z takich popieliszcz podniesione; wszędzie
were from such ash (were) raised everywhere

pełno mogił nowszych i starszych,
(it was) filled (with) graves modern and ancient

porosłych już borem. I tu, jak na Dzikich
overgrown already (with) pine And here like on (the) Wild

Polach, nocami wstawały duchy i upiory, a
Fields (in the) nights stood up ghosts and vampires and

starzy Zaporożcy opowiadali sobie przy
old Zaporojians told themselves in front of

ogniskach dziwy o tym, co się czasami
(the) fires wonders about this what itself at times

działo w owych głębinach leśnych, z których
happened in those depths (of the) forests from which

dochodziły wycia nie wiadomo jakich zwierząt,
arrived howling not known which beasts

krzyki półludzkie, półzwierzęce, gwary straszne,
cries half-human half of beast sounds terrible

jakoby bitew lub łowów. Pod wodami odzywały
as if (of) battle or chase Under water was heard

się dzwony potopionych miast.
itself (the bell) ringing (of) submerged cities

Ziemia była mało gościnna i mało dostępna,
(The) land was little hospitable and little accessible

miejscami zbyt rozmiękła, miejscami cierpiąca na
(in) places too soft (in) places suffering on

brak wód, spalona, sucha, a do mieszkania
lack (of) water parched dry and to living

niebezpieczna, osadników bowiem, gdy się
dangerous settlers because when themselves

jako tako osiedli i zagospodarowali, ścierały
as such (they) settled and (the land) cultivated clashed

napady tatarskie. Odwiedzali ją tylko często
(the) raids (of the) Tartars Visited her only often

Zaporożcy dla gonów bobrowych, dla zwierza i
(the) Zaporojians for hunting beavers for game and

ryby, w czasie bowiem pokoju większa część
fish in times of peace (the) larger part

Niżowców rozłaziła się z Siczy na
(of the) Lowlanders got themselves from Sichi for

łowy, czyli, jak mówiono, na 'przemysł' po
hunting or as (they) said for industry on

wszystkich rzekach, jarach, lasach i komyszach,
all rivers ravines forests and thickets

bobrując w miejscach, o których istnieniu nawet
beaver in places about which existence even
even the existence

mało kto wiedział.
few who knew

Jednakże i życie osiadłe próbowało uwiązać się
Nevertheless also life settled struggled to cling itself

do tych ziem jak roślina, która próbuje, gdzie
to those lands like (a) plant which tries where

może, chwycić się gruntu korzonkami i raz
(it) can seizing itself (the) ground (with the) roots and time

w raz wyrywana, gdzie może, odrasta.
in time   torn out   where   (it) can   regrows

Powstawały na pustkach grody, osady, kolonie,
(There) rose   on   deserts   towns   settlements   colonies

słobody i futory. Ziemia była miejscami
hamlets   and   rural homesteads   (The) land   was   (in) places

żywna, a nęciła swoboda. Ale wtedy dopiero
alive   and   enticed   (the) freedom   But   in those days   only

zakwitło życie, gdy ziemie te przeszły w
bloomed   life   when   lands   these   arrived   in

ręce kniaziów Wiśniowieckich. Kniaź Michał
(the) hands   (of the) princes   Vishnyevetski   Prince   Michael

po ożenieniu się z Mohilanką począł
after   marrying   himself   with   (a) Moldavian (princess)   started

starowniej urządzać swoje zadnieprzańskie państwo;
in order   to set   his   over-Dnieper   estate

ściągał ludzi, osadzał pustki, zapewniał
(he) brought in   people   settled   waste regions   provided

swobody   do   lat   trzydziestu,   budował
freedoms   for   years   thirty   built
(exemption from service)

monastery   i   wprowadzał   prawo   swoje   książęce.
monasteries   and   introduced   (the) right   (of) his   princedom

Nawet   taki   osadnik,   który   przymknął   do   tych   ziem
Even   such   settler   who   attached   to   these   lands

nie   wiadomo   kiedy   i   sądził,   że   siedzi   na
not   known   when   also   thought   that   sits   on

własnym   gruncie,   chętnie   schodził   do   roli
(his) own   ground   willingly   descended   to   (the) role

kniaziowego   czynszownika,   gdyż   za   ów   czynsz
(of) princely   rent-man   when   for   this   tribute

szedł   pod   potężną   książęcą   opiekę,   która   go
(he) came   under   (the) powerful   princely   protection   who   him

ochraniała,   broniła   od   Tatarów   i   od   gorszych
guarded   defended   from   Tartars   and   from   worse

nieraz   od   Tatarów   Niżowców.
occasionally   than   Tartars   Lowlanders

Ale prawdziwe życie zakwitło dopiero pod żelazną
But real life flourished only under (the) iron

ręką młodego księcia Jeremiego. Za Czehrynem
hand (of the) young Prince Yeremy Behind Chigirin

zaraz zaczynało się jego państwo, a kończyło
immediately began itself his estate and ended

het! aż pod Konotopem i Romnami.
(the) hetmanship until under Konotop and Romni
Komni

Nie stanowiło ono całej kniaziowej fortuny, bo
Not stood this all (the) princely wealth because
(constituted)

od województwa sandomierskiego począwszy
from (the) province (of) Sandomir beginning

ziemie jego leżały w województwach:
(the) land (of) his lay in (the following) provinces

wołyńskim, ruskim, kijowskim, ale naddnieprzańskie
Volynia Russian Kyivan but (the) Trans-Dnieper

państwo było okiem w głowie zwycięzcy spod
estate was (as the) eye in (the) head (to the) victors under

Putywla.
Putivl

Tatar		długo		czyhał
(The) Tartar		long		lurked

nad Orłem, nad Worsklą i wietrzył jak wilk,
under (the) Oryol under (the) Vorskla and sniffed like (a) wolf
{boundary rivers}

nim ośmielił się na północ konia popędzić;
before (he) dared himself to (the) North (the) horse to urge

Niżowcy nie próbowali zatargu. Miejscowe
(The) Lowlanders not tried attack (The) local

niespokojne watahy poszły w służbę. Dziki i
disorderly bands came in(to) service Wild and

rozbójniczy lud, żyjący dawniej z gwałtów i
plundering people living long from violence and

napadów, teraz ujęty w karby, zajmował 'polanki'
raids now held in check occupied outposts

na rubieżach i leżąc na granicach państwa jak
on (the) fringes and lying on (the) borders (of the) estate like

brytan	na	łańcuchu	groził	zębem
(a) bull-dog	on	(a) chain	threatened	(with the) teeth

najeźdźcy.
intruders

Toż	zakwitło	i	zaroiło	się	wszystko.
So	bloomed	and	swarmed	itself	everything

Pobudowano	drogi	na	śladach	dawnych	gościńców;
Were laid out	roads	on	(the) traces	(of) ancient	highways

rzeki	ujęto	groblami,	które	sypał	niewolnik	Tatar
rivers	blocked	(with) dams	which	built	(the) captive	Tartar

lub	Niżowiec	schwytany	z	bronią	w	ręku	na
or	Lowlander	caught	with	weapon	in	hand	on

rozboju.	Tam	gdzie	niegdyś	wiatr	grywał	dziko
raid	There	where	at one time	(the) wind	played	wild

nocami	na	oczeretach	i	wyły	wilki	i
(in the) nights	on	(the) reeds	and	howled	(the) wolves	and

topielcy,	teraz	hurkotały	młyny.
(the ghosts of the) drowned	now	clattered	(the water) mills

Przeszło czterysta kół, nie licząc rzęsiście
Past four-hundred wheels not counting (the) plentifully
(Over)

rozsianych wiatraków, mełło zboże na samym
spread windmills ground grain on (the) very

Zadnieprzu.
Over-Dnieper

Czterdzieści tysięcy czynszowników wnosiło czynsz
Forty thousand (land) renters brought in rent
(tax)

do kas książęcych, lasy zaroiły się
to (the) treasury (of the) Prince (the) woods swarmed itself

pasiekami, na rubieżach powstawały wsie
(with) bees on (the) borders rose villages

coraz nowe, futory, słobody.
continually new homesteads hamlets
again and again

Na stepach, obok tabunów dzikich, pasły
On (the) steppes by the side (of) herds wild grazed

się całe stada swojskiego bydła i koni.
themselves whole droves (of) domestic cattle and horses

Nieprzejrzany, jednostajny widok borów i stepów
(The) endless monotonous sight (of) pines and steppes

ubarwił się dymami chat, złoconymi wieżami
colored itself (with) fumes (from) huts gilded towers
(varied)

cerkwi i kościołów — pustynia
(of) Catholic churches and Orthodox churches (the) desert

zamieniła się w kraj dość ludny.
changed itself in (a) land utmost populous

Jechał tedy pan namiestnik Skrzetuski wesoło i
Rode then Mr. lieutenant Skshetuski happily and

nie śpiesząc się, jakoby swoją ziemią, mając
not hurried himself as if (on) his own land having

po drodze wszelkie wczasy zapewnione. Był to
on (the) road all (the) leisure assured Was this
It was

dopiero początek stycznia 48 roku, ale dziwna,
only (the) onset (of) January 48 year but (the) wondrous
{1648}

wyjątkowa zima nie dawała się wcale we znaki.
exceptional winter not gave itself at all in signs
(showed)

W powietrzu tchnęła wiosna; ziemia rozmiękła i
In   (the) air   breathed   Spring   (the) earth   was soft   and

przeświecała wodą roztopów; na polach
shone   (with) water   (of snow) melt   on   (the) fields

zieleniała ruń, a słońce dogrzewało tak
greened   (the) sward   and   (the) sunshine   warmed up   so

mocno, że w podróży o południu
powerful   that   in   (the) journeys   about   half-day (noon)

kożuchy prażyły grzbiet jak latem.
(the) sheepskins   roasted   (the) back   like   summer

Orszak namiestnika zwiększył się znacznie, w
(The) party   (of the) lieutenant   increased   itself   considerably   in

Czehrynie bowiem przyłączyło się do niego
Chigirin   because   joined   itself   to   him

poselstwo wołoskie, które hospodar do Łubniów
(the) embassy   Wallachian   which   (the) hospodar   to   Lubni

wysłał w osobie pana Rozwana Ursu. Przy
sent   in   person   (of) Mr.   Rozvan   Ursu   With

poselstwie było kilkunastu karałaszów eskorty i
(the) embassy was some retinue escorts and

wozy z czeladzią. Prócz tego z
wagons with servants Apart (from) this with

namiestnikiem jechał nasz znajomy pan Longinus
(the) lieutenant rode our acquaintance Mr. Loginus

Podbipięta herbu Zerwikaptur ze swoim
Podbipienta coat-of-arms Zervikaptur with his

długim mieczem pod pachą i z kilkoma
long sword under (the) arm and with several

czeladzi służbowej.
servants company

Słońce, cudna pogoda i woń zbliżającej
Sunshine wonderful weather and (the) odor (of the) approaching

się wiosny napawały wesołością serca, a
itself Spring filled (with) gladness (the) heart and

namiestnik tym był weselszy, że wracał z
(the) lieutenant this was (the) happiest since (he) returned from

długiej podróży pod dach książęcy, który był
(a) long · journey · under · (the) roof · (of the) Prince · who · was

zarazem jego dachem, wracał sprawiwszy
at the same time · his (own) · roof · returned · accomplishing

się dobrze, więc i przyjęcia dobrego
himself · well · therefore · also · (of a) reception · good

pewny.
certain

Ale wesołość jego miała i inne powody.
But · (the) happiness · his · had · also · other · causes

Oprócz łaski księcia, którego namiestnik
Besides · (the) good-will · (of the) Prince · who · (the) lieutenant

z całej duszy kochał, czekały go w Łubniach
with · (his) whole · soul · loved · waited · him · in · Lubni

jeszcze i pewne czarne oczy, tak słodkie jak
still · also · certain · black (dark) · eyes · so · sweet · as

miód.
honey

Oczy — Eyes
te — these
należały — belonged
do — to
Anusi — Anusia

Borzobohatej-Krasieńskiej, — Borzobogata-Krasenska
panienki — lady
respektowej — respected

księżny — (of the) Princess
Gryzeldy, — Griselda
najpiękniejszej — (the) most beautiful
dziewczyny — maiden

z — from
całego — (the) whole
fraucymeru, — women-folk (ladies-in-waiting)
bałamutki — (a) coquette
wielkiej, — great
za — for

którą — whom
przepadali — had fallen
wszyscy — all
w — in
Łubniach, — Lubni
a — but
ona — she

za — (was) for
nikim. — no one
U — At
księżny — (the) Princess
Gryzeldy — Griselda
mores — (the) strictness
był — was

wielki — great
i — and
surowość — (the) austerity
obyczajów — (of) practices (of manners)
niepomierna, — immeasurable
co — that

jednak — however
nie — not
przeszkadzało — prevented
młodym — young people
spoglądać — to look
na — at

się — each other
jarzącymi — (with) glowing
oczyma — eyes
i — and
wzdychać. — sigh
Pan — Mr.

Skrzetuski   posyłał   tedy   swoje   westchnienia   ku
Skshetuski   sent   then   his   tribute   to

czarnym   oczom   na   równi   z   innymi,   a   gdy,
(the) dark   eyes   at   equal   with   (the) others   and   when

bywało,   zostawał   sam   w   swojej   kwaterze,
(it) occurred   remained   alone   in   his   quarters

wówczas   chwytał   lutnię   w   rękę   i   śpiewywał:
in this time   grabbed   (the) lute   in   (the) hand   and   sang

Tyś   jest   specjał   nad   specjały...
You   are   special   above   specials

lub   też:
or   this

Jak   tatarska   orda
Like   (the) Tartar   horde

Bierzesz   w   jasyrcorda!
(You) take   in   captivity

Ale   że   to   był   człek   wesoły   i   przy   tym
But   since   this   was   (a) man   happy   and   before   these

żołnierz wielce w swym zawodzie zamiłowany, więc
(a) soldier great in his profession devoted thus

nie brał zbyt do serca tego, że Anusia
not (he) took too much to heart this that Anusia

uśmiechała się tak samo do niego, jak i do
smiled herself so same to him as also to

pana Bychowca z chorągwi wołoskiej, jak do
Mr. Bykhovets from (the) regiment Wallachian as to

pana Wurcla z artylerii, jak do pana
Mr. Vurtsel of (the) artillery as to Mr.

Wołodyjowskiego z dragonów, a nawet do pana
Volodyovski of (the) dragoons and even to Mr.

Baranowskiego z husarii, chociaż ten ostatni był
Baranovski of (the) huzzars although this latest was
(latter)

już dobrze szpakowaty i szeplenił mając
already well starling and lisped having
(graying)

podniebienie potrzaskane kulą z samopału.
(the) palate wounded (by a) ball from (a) musket
(by a bullet)

Nasz namiestnik bił się już nawet raz
Our lieutenant fought himself already event (one) time

z panem Wołodyjowskim w szable o Anusię,
with Mr. Volodyovski in sabre about Anusia
(for)

ale gdy przyszło za długo siedzieć w Łubniach
but when came too long to sit in Lubni

bez jakowejś wyprawy na Tatarów, to sobie
without any expeditions upon (the) Tartars then himself

nawet i przy Anusi przykrzył, a gdy przyszło
even also before Anusia screwed up and when (it) came
(got bored)

ciągnąć — to ciągnął z ochotą, bez
to pull then to expedite with willingness without
(to go on expedition)

żalu, bez wspominków.
regret without memories

Za to też i witał z radością. Teraz
For this however also (he) returned with happiness Now

więc oto, wracając z Krymu po pomyślnym
then this one returned from (the) Crimea after satisfactory

rzeczy | załatwieniu, | podśpiewywał | wesoło | i
things | (were) arranged | hummed | merrily | and

czwanił | koniem, | jadąc | obok | pana | Longinusa,
urged | (his) horse | riding | by the side | (of) Mr. | Longinus

który | siedząc | na | ogromnej | inflanckiej | kobyle,
who | sitting | on | (an) enormous | Livonian | mare

strapiony | był | i | smutny | jak | zawsze. | Wozy
troubled | was | and | upset | as | always | (The) wagons
(thoughtful) | | | (serious)

poselstwa, | karałasze | i | eskorta | zostały | znacznie
(of the) embassy | retinue | and | escort | remained | considerably

za | nimi.
behind | them

— Jegomość | poseł | leży | na | wozie | jak
His-honor | (the) ambassador | lies | on | (the) wagon | like

kawał | drzewa | i | śpi | ciągle | — | rzekł
(a) block | (of) wood | and | sleeps | continuously | | said

namiestnik.
(the) lieutenant

— Cudów mi naprawił o swojej Wołoszczyźnie,
Wonders me (he) told about his Wallachian land

aż i ustał. Jam też słuchał z ciekawością.
until also (he) tired I also listened with curiosity

Nie ma co! kraj bogaty, klima przednie, złota,
Not has what (a) land rich climate excellent gold

wina, bakaliów i bydła dostatek. Pomyślałem
wine dainties and cattle in abundance (I) thought

sobie tedy, że nasz książę rodzi się z
by myself then that our Prince descended himself from

Mohilanki i że ma takie dobre prawo do
(a) Moldavian and since (he) has such good rights to

hospodarskiego tronu, jak kto inny, których praw
(the) hospedar throne like who else which rights

przecie książę Michał dochodził. Nie nowina to
moreover Prince Michael claimed Not new then

naszym paniętom Wołoszczyzna.
(to) our gentlemen Wallachia

— Bijali   już   tam   i   Turków,   i   Tatarów,   i
Fought already there also   Turks   and   Tartars   and

Wołochów,   i   Siedmiogrodzian...
Wallachians and   Transylvanians

— Ale   lud   tam   miększy   niż   u   nas,   o   czym
But people there (are) softer than at   us   about what

mi   i   pan   Zagłoba   w   Czehrynie   opowiadał   —
me also Mr.   Zagloba   in   Chigirin   told

rzekł   pan   Longinus   —   a   gdybym   jemu   nie
said   Mr.   Longinus   and   if   him   not

wierzył,   to   tedy   w   książkach   od   nabożeństwa
(is) believed this then in (the) books of   Godly service

potwierdzenie tej prawdy się znajduje.
affirmed   this thruth itself finds

— Jak   to   w   książkach?
How this in   books

— Ja   sam   mam   taką   i   mogę   ją   waszmości
I   myself have such and can   I   your-honor

pokazać, bo ją zawsze wożę ze sobą.
show   because I always carry (it) with myself

To rzekłszy odpiął troki przy terlicy i
This saying (he) unbuckled (the) straps by (the) saddle and

wydobywszy niewielką książeczkę, starannie w
extracted (a) not-great little book carefully in
            (a small)

cielę oprawioną, naprzód ucałował ją
calf (leather) bound first kissed her

pobożnie, potem przewróciwszy kilkanaście kartek
reverentially then turned over some leaves

rzekł:
said

— Czytaj waść.
    Read   you

Pan Skrzetuski rozpoczął:
Mr. Skshetushki began

— 'Pod Twoją obronę uciekamy się, Święta
    Under Your protection (we) take refuge ourselves Holy

Boża Rodzicielko...' Gdzież zaś tu jest o
God's Mother Where then here is about

Wołochach? co waść mówisz! — to antyfona!
Wallachia what you say this (is an) antiphone

— Czytaj waść dalej.
Read you farther

— '...Abyśmy się stali godnymi obietnic
That (we) may ourselves be worthy (of the) promises

Pana Chrystusowych. Amen.'
(of the) Lord Christ Amen

— No, a teraz pytanie...
Well but now (we have a) question

Skrzetuski czytał.
Skshetushki read

— 'Pytanie: Dlaczego jazda wołoska zowie się
Question For what (the) cavalry Wallachian calls itself

lekką? Odpowiedź: Bo lekko ucieka. Amen.' —
light Answer Because lightly takes flight Amen
flees easily

Hm! prawda! Wszelako w tej książce dziwne jest
Hm   true   Still   in   this   book   strangly   is

materii pomieszanie.
(the) material   mixed

— Bo to jest książka żołnierska, gdzie obok
Because   this   is   (a) book   (of a) soldier   where   besides

modlitw rozmaite instructiones militares są
prayers   (a) variety   (of) instructions   military   are

przyłączone, z których nauczysz się waść
offered   from   which   learn   yourself   you

o wszystkich nacjach, która z nich zacniejsza,
about   all   nations   which   of   them   (is) noblest

która podła; co do Wołochów zaś, to się
which   mean   what   to   Wallachians   then   this   itself

pokazuje, iż tchórzliwe z nich pachołki, a przy
shows   that   cowardly   of   them   fellows   and   besides
                           they are cowards

tym zdrajcy wielcy.
this   traitors   great
     big traitors

— Że zdrajcy, to pewno, bo pokazuje
That (they are) traitors this (is) for sure because (it) shows

się to i z przygód księcia Michała.
itself then also from (the) adventures (of) Prince Michael

Co prawda, to i ja słyszałem, iż żołnierz
What (is) true then also I heard that (the) soldiers

to z przyrodzenia nieszczególny. Ma przecie
then from nature (are) not special Has after all

książę jegomość chorągiew wołoską bardzo
(the) Prince his-honor (a) regiment Wallachian very

przednią, w której pan Bychowiec porucznikuje, ale
first-rate in which Mr. Bykhovets (is) lieutenant but

stricte to w owej wołoskiej chorągwi nie wiem,
strictly then in this Wallachian regiment not (I) know

czy i dwudziestu Wołochów się znajduje.
what also two hundred Wallachians themselves find

— Jak też waszmość myślisz, panie
Like also your-honor thinks Mr.
(How many)

namiestniku,   siła   książę   ma   ludzi   pod
lieutenant   (the) might   (of the) Prince   has   people   under

bronią?
arms

— Będzie   z   ośm   tysięcy   nie   licząc   Kozaków,
    Will be   from   eight   thousand   not   counting   (the) Cossacks

co   po   pałankach   stoją.   Ale   powiadał   mi
which   on   (the) outposts   stand   But   tells   me

Zaćwilichowski,   że   teraz   nowe   zaciągi   są   czynione.
Zatsvilikhovski   that   now   new   levies   are   made

— To   może   Bóg   da   jakową   wyprawę   pod
   Then   may   God   give   some   expedition   under

księciem   panem?
(the) Prince   lord

— Tak   mówią,   że   wielka   wojna   z   Turczynem
   So   (they) say   that   (a) great   war   with   Turkey

się   gotuje   i   że   sam   król   z   całą   potęgą
itself   readies   and   that   (the) same   KIng   with   all   forces

Rzplitej ma ruszyć. Wiem też, że
(of the) Commonwealth has to move (I) know also that

upominki Tatarom są wstrzymane, którzy
gifts (for the) Tartar are withheld which

przecie od strachu nie śmią zagonów ruszyć. O
after all from fear not dare incursions to move About

tym słyszałem i Krymie, gdzie bodaj dlatego
this (I) heard also (in the) Crimea where probably for this

przyjmowano mnie tak honeste, bo jest
(they) received me (with) such honor because (it) is

wieść, że gdy król z hetmany pociągnie,
(the) news that when (the) King with (the) hetmen pulls (out)

książę ma na Krym uderzyć i całkiem
(the) Prince has on (the) Crimea to strike and utterly

Tatarów zetrzeć.
(the) Tartars wipes out

Jakoż to jest pewna, że takowej imprezy innemu
In fact this is certain that such enterprise anyone else

nie powierzą.
not   (they) confide to

Pan Longinus podniósł do góry   ręce   i   oczy.
Mr.   Longinus   raised   to   top (the) hands and tests
up

—   Dajże, Boże miłosierny, daj takową świętą
Give that God   merciful   give   such   (a) holy
(May)

wojnę na chwałę chrześcijaństwu i   naszemu
war   for (the) glory (of) Christianity   and   our

narodowi, a mnie grzesznemu pozwól w niej
nation   and to me sinful man   permit   in her

wota   moje spełnić, abym in luctu mógł być
(the) votive offer mine to meet so that in battle might be
{latin}

pocieszony albo też śmierć chwalebną znaleźć!
consoled   or   also (a) death praiseworthy to find

—   To waść ślub   wedle   wojny uczynił?
Then   you (a) vow concerning (the) war (you) made

—   Tak zacnemu kawalerowi wszystkie arkana
Such (a) worthy   knight   all   arcane
(secrets)

duszy — mojej — otworzę, — choć — siła — mówić, — ale
(of the) soul — (of) mine — open — albeit — strong (long) — to tell — but

gdy — waćpan — ucha — chętnego — skłaniasz, — przeto
when — you-sir — (an) ear — willing — incline — therefore

incipiam: — Wiesz — waszmość, — że — herb — mój — zwie
(I) begin — Know — your-honor — that — (the) crest — (of) mine — calls

się — Zerwikaptur, — co — z — takowej — przyczyny
itself — Zerwikaptur (tear-cowl) — that — with — such — causes

pochodzi, — że — gdy — jeszcze — pod — Grunwaldem
comes from — that — when — even — under — Grunwald

przodek — mój — Stowejko — Podbipięta — ujrzał — trzech
(an) ancestor — (of) mine — Stoveiko — Podbipienta — saw — three

rycerzy — w — mniszych — kapturach — w — szeregu — jadących,
knights — in — monks' — cowls — in — (a) row — riding

zajechawszy — ich, — ściął — wszystkich — trzech — od — razu,
rode up behind — them — cut — all — three — at — once

o — którym — to — sławnym — czynie — stare — kroniki
about — which — this — glorious — deed — (the) old — chronicles

piszą   z   wielką dla przodka   mego   chwałą...
wrote   with   great   for   (the) ancestor (of) mine   praise

— Nie   lżejszą   miał on   przodek   od   waści
   Not   lighter   had   he   (the) ancestor than   you

rękę,   ale   i słusznie Zerwikapturem go nazwali.
(the) hand but also   justly   Tear-Cowl   him   called

— Któremu też   król   herb   nadał, a w nim
   Whom   also (the) king (the) crest granted and in   it

trzy kozie głowy w srebrnym polu na pamiątkę
three goat heads in (a) silver field on memory
                                        (in)

owych rycerzy, gdyż takie same głowy były na
(of) those knights when such very heads were on

ich tarczach wyobrażone.
their shields   depicted

Ten herb wraz z tym tu oto mieczem
This crest at once with this here that sword

przodek   mój   Stowejko Podbipięta przekazał
(the) ancestor mine Stoveiko Podbipienta passed on

potomkom swoim z zaleceniem, by starali
(to the) descendant (of) his with (the) injunction for to strive

się splendor rodu i miecza podtrzymać.
themselves (the) glory (of) birth and sword to uphold

— Nie ma co mówić, z grzecznego rodu
Not has that to say from polite stock

waszmość pochodzisz!
your-honor comes

Tu pan Longinus zaczął wzdychać rzewnie, a
Here Mr. Longinus started to sigh earnestly and

gdy na koniec ulżyło mu trochę, tak mówił
when at (the) end comforted him a bit so (he) told

dalej:
further

— Będąc tedy z rodu ostatni, ślubowałem w
Being then from (my) clan (the) last (I) vowed in

Trokach Najświętszej Pannie żyć w czystości i
Troki (to the) Holiest Lady to live in cleanliness and
(celibacy)

nie prędzej stanąć na ślubnym kobiercu, póki
not first to stand on wedding (a) wife as long as

za sławnym przykładem przodka mego
after (the) famous example (of the) ancestor (of) mine

Stowejki Podbipięty trzech głów tymże samym
Stoveiko Podbipienta three heads with this same

mieczem od jednego zamachu nie zetnę. O Boże
sword from one kill not to cut off Oh God

miłosierny, widzisz, żem wszystko uczynił, co było
merciful see that all (I) did that was

w mocy mojej! Czystości dochowałem do dnia
in power (of) mine Cleanliness (I) kept to (the) day
(Celibacy)

dzisiejszego, sercu czułemu milczeć kazałem,
of today (the) heart sensitive to silence (I) ordered

wojny szukałem i walczyłem, ale szczęścia nie
wars (I) sought and (I) fought but fortune not

miałem...
had

Porucznik uśmiechnął się pod wąsem.
(The) lieutenant smiled -himself- under (the) mustache

— I nie ściąłeś waćpan trzech głów?
And not cut off you-sir three heads

— Ot! nie zdarzyło się! Szczęścia nie ma! Po
No not happened itself Luck not (I) had By

dwie na raz nieraz bywało, ale trzech nigdy.
two at (a) time sometimes (it) has been but three never

Nie udało się zajechać, a trudno
Not (I) succeeded myself to come up (to them) and (it is) difficult

prosić wrogów, by się ustawili równo do
to ask enemies for themselves to stand in line for

cięcia. Bóg jeden widzi moje smutki: siła w
(a) blow God only knows my sadness strength in

kościach jest, fortuna jest... ale adolescentia
(my) bones (there) is fortune (there) is but (my) youth
(wealth)

uchodzi, czterdziestu pięciu lat dobiegam,
goes away forty five years (I) am coming to

serce do afektów się wyrywa, ród ginie,
(the) heart to affection itself rushes forth (my) lineage dies

a trzech głów jak nie ma, tak nie ma!... Taki
and three heads as not (I) have so not (I) have Such

i Zerwikaptur ze mnie. Pośmiewisko dla ludzi,
also (a) Zervikaptur that (is) me A laughing stock to people

jak słusznie mówi pan Zagłoba, co wszystko
like truly says Mr. Zagloba that all

cierpliwie znoszę i Panu Jezusowi ofiaruję.
patiently (I) endure and Lord Jezus offer

Litwin począł znowu tak wzdychać, że aż
(The) Lithuanian began again so to sigh that until
(even)

i jego inflancka kobyła, widać ze współczucia
also his Livonian mare apparent that compassionate

dla swego pana, jęła stękać i chrapać żałośnie.
for its master fell to groan and snort pathetically

— To tylko mogę waszmości powiedzieć — rzekł
This only (I) can your-honor tell said

namiestnik — iż jeśli pod księciem Jeremim nie
(the) lieutenant that if under prince Yeremi not

znajdziesz okazji, to chyba nigdy.
(you) find (a) chance then perhaps nowhere
(probably)

— Daj Boże! — odparł pan Longinus. — Dlatego
Give God answered Mr. Longinus For-this

i jadę prosić o łaskę księcia pana.
also (I) go to ask about (a) favor (the) Prince lord

Dalszą rozmowę przerwał im nadzwyczajny łopot
Further conversation interrupted them (the) unusual sound

skrzydeł. Jako się rzekło, zimy tej ptactwo nie
(of) wings As itself was said winter this (the) birds not

szło za morza, rzeki nie zamarzały, przeto
went beyond (the) sea rivers not froze over therefore

szczególniej wodnego ptactwa wszędzie było pełno
in particular (of) water fowl everywhere (it) was full

nad błotami. Właśnie w tej chwili porucznik
above (the) marshes Right in this moment (the) lieutenant

z   panem Longinem zbliżyli   się   do brzegu
with   Mr.   Longinus approached themselves to (the) bank

Kahamliku,   gdy   nagle   zaszumiało   im   nad
(of the) Kagamlik   when   (a) sudden   (it) was noisy   them   over

głowami całe stado żurawi, które przeciągały tak
(the) heads whole flock (of) storks who   flew   so

nisko, że   można   by niemal   kijem   do nich
low   that (it was) possible to almost (with a) stick to them

dorzucić. Stado leciało z   wrzaskiem okrutnym
strike   (The) flock flew with (a) tremendous   outcry

i   zamiast zapaść w oczerety, podniosło   się
and   instead of to settle in (the) reeds   rose   themselves

niespodziewanie w górę.
unexpectedly   in top
                    (the sky)

— Mkną jakby gonione — rzekł pan Skrzetuski.
(They) rush as if hunted   said Mr. Skshetuski

— A o! widzisz waść — rzekł pan Longinus
Ah oh see   you   said Mr. Longinus

ukazując na białego ptaka, który tnąc powietrze
pointing at (a) white bird which cutting (the) air

ukośnym lotem starał się podlecieć pod
(with) sidelong flight tried -itself- to overfly over

stado.
(the) flock

— Raróg, raróg! przeszkadza im zapaść! — wołał
Falcon falcon hinders them to alight called out

namiestnik. — Poseł ma rarogi — musiał
(the) lieutenant (The) envoy has (a) falcon (he) must (have)

puścić.
let (it) go

W tej chwili pan Rozwan Ursu nadjechał
In this moment Mr. Rozwan Ursu rode up

pędem na czarnym anatolskim dzianecie, a
(with) momentum on (a) black Anatolian steed and
(at full speed)

za nim kilku karałaszów służbowych.
after him (a) few retinue (of) service

— Panie poruczniku, proszę na zabawę — rzekł.
Mr. lieutenant (I) beg (you) to sport (he) said

— Czy to raróg waszej cześci?
What then falcon your honor's

— Tak jest i zacny bardzo, zobaczysz waść...
So (it) is and noble very much will see you

Popędzili naprzód we trzech, a za nimi
Rushed forward in three and behind them
(all)

Wołoch sokolniczy z obręczą, który
(the) Wallachian falconer with (a) hoop who

utkwiwszy oczy w ptaki krzyczał z całych
fixing (the) eyes in (the) bird shouted with all
(on)

sił, zachęcając raroga do walki.
(his) might urging (the) falcon to (the) struggle

Dzielny ptak zmusił już tymczasem stado do
(The) valiant bird forced already at that time (the) flock to

podniesienia się w górę, potem sam wzbił się
rise itself in top then himself shot himself
(the air)

jak błyskawica jeszcze wyżej i zawisł nad nim.
like (a) flash still higher and hung over them

Żurawie zbiły się w jeden ogromny wir
(The) storks arranged themselves in one enormous circle

szumiący jak burza skrzydłami. Groźne wrzaski
swooshing like (a) storm (with their) wings Terrible cries

napełniały powietrze. Ptaki powyciągały
filled (the) air (The) birds stretched

szyje, powytykały ku górze dzioby jak
(their) necks pointing to up (the) beaks like
upward

włócznie i czekały ataku.
spears and awaiting (the) attack

Raróg tymczasem krążył nad nimi. To zniżał
(The) falcon meanwhile circled above them Then descended

się, to podnosił, jak gdyby wahał się
itself then rose like if would hesitated -itself-

runąć na dół, gdzie na pierś jego czekało
to plummet on down where on (the) breast him awaited

sto	ostrych	dziobów.	Jego	białe	pióra,
(a) hundred	sharp	beaks	His	white	plumage

oświecone	słońcem,	błyszczały	jak	samo	słońce	na
lit	(by the) sun	shone	like	itself	(the) sun	on (in)

pogodnym	błękicie	nieba.
(the) clear	blue	sky

Nagle,	zamiast	rzucić	się	na	stado,	pomknął
Suddenly	instead	(of) to rush	itself	on	(the) flock	darted

jak	strzała	w	dal	i	wkrótce	zniknął
like	(an) arrow	in	(the) distance	and	in short (soon)	disappeared

za	kępami	drzew	i	oczeretów.
behind	(the) clumbs	(of) trees	and	reeds

Pierwszy	Skrzetuski	ruszył	za	nim	z	kopyta.
(As) first (one)	Skshetuski	rushed	after	him	with	speed

Poseł,	sokolnik	i	pan	Longinus	poszli	za
(The) envoy	(the) falconer	and	Mr.	Longin	went	after followed

jego	przykładem.
his	example

Wtem na skręcie drogi namiestnik wstrzymał
In this on (the) crossing (of) roads (the) lieutenant stopped

konia, gdyż nowy a dziwny widok uderzył jego
(his) horse when (a) new and wonderful sight struck his

oczy. W pośrodku gościńca leżała na boku
eye In (the) middle (of) (the) road lay on (the) side

kolaska ze złamaną osią. Odprzężone konie
(a) carriage with (a) broken axle (The) decoupled horses

trzymało dwóch kozaczków. Woźnicy nie było
(were) held (by) two Cossacks (The) Coachmen not was

wcale, widocznie odjechał w celu szukania
in all evidently (he) went off in goal (of) search
(around)

pomocy. Przy kolasce stały dwie niewiasty, jedna
(for) aids By (the) carriage stood two women One
(for help)

ubrana w lisi tołub i takąż czapkę z
dressed in fox(-skin) cloak and same such cap with

okrągłym dnem, twarzy surowej, męskiej; druga
round top (the) face stern masculine (the) other

była to młoda panna wzrostu wyniosłego, rysów
was then (a) young lady (of) stature tall features

pańskich i bardzo foremnych. Na ramieniu
gentle and very regular On (the) shoulder

tej młodej pani siedział spokojnie raróg i
(of) this young lady sat quietly (the) falcon and

rozstrzępiwszy pióra na piersiach muskał je
parted (the) plumage on (the) breast stroking them

dziobem.
(with the) beak

Namiestnik osadził konia, aż kopyta wryły
(The) lieutenant reined in (the) horse until (the) hoofs dug

się w piasek gościńca i rękę podniósł
themselves in (the) sand (of the) road and (the) hand rose

do czapki zmieszany i nie wiedzący, co ma
to (the) cap confused and not knowing what (he) has

mówić: czy witać, czy o raroga się
to say whether hello whether about (the) falcon itself

dopominać? Zmieszany był jeszcze i dlatego, że
to remind (The) confusion was still and for this that

spod kuniego kapturka spojrzały nań takie
from under (a) marten(-skin) hood looked to him such

oczy, jakich jak życie swoje nie widział, czarne,
eyes as like (in) life his not (he) saw black

aksamitne, a łzawe, a mieniące się, a
velvet and tearful and sparkling herself and

ogniste, przy których oczy Anusi Borzobohatej
fiery by which (the) eyes (of) Anusia Borzobogata

zgasłyby jak świeczki przy pochodniach. Nad
would extinguish like candles before torches Over

tymi oczami jedwabne ciemne brwi
these eyes silk dark (eye)brows

rysowały się dwoma delikatnymi łukami,
drew themselves (in) two delicate arches
were defined

zarumienione policzki kwitnęły jak kwiat
(the) flushed cheeks bloomed like (a) flower

najpiękniejszy, przez malinowe wargi, trochę
most beautiful   through   (the) raspberry   lips   a bit

otwarte, widniały ząbki jak perły, spod kapturka
opened   were visible   teeth   like   perls   under   (the) hood

spływały bujne czarne warkocze.
flowed   lush   black   braids

'Czy Juno we własnej osobie, czy inne
Whether   Juno   in   own   person   whether   other

jakoweś bóstwo?' — pomyślał namiestnik widząc
some   divinity   thought   (the) lieutenant   seeing

ten wzrost strzelisty, pierś wypukłą i tego
this   form   arrow-straight   (the) bossom   swelling   and   this

białego sokoła na ramieniu. Stał tedy nasz
white   falcon   on   (her) shoulder   Stood   so   our

porucznik bez czapki i zapatrzył się jak w
lieutenant   without   cap   and   stared   -himself-   like   in

cudowny obraz, i tylko oczy mu się
(a) wondrous   picture   and   only   eyes   (of) him   themselves

świeciły, a za serce chwytało go coś jak
gleamed and for (the) heart seized him something like

ręką. I już miał rozpocząć mowę od słów:
(a) hand And already (he) had to commence say from words

'Jeśliś jest śmiertelną istotą, a nie bóstwem...'
If (you) are (a) mortal being and not (a) divinity

— gdy w tej chwili nadjechał poseł i pan
when in this moment came up (the) envoy and Mr.

Longinus, a z nimi sokolnik z obręczą. Co
Longinus and with them (the) falconer with (his) hoop That

widząc bogini nadstawiła rarogowi rękę, na
seeing (the) godess held to (the) falcon (her) hand on

której ten zaraz, zszedłszy z ramienia, usadowił
which this at once leaving from (the) shoulder sat

się przestępując z nogi na nogę. Namiestnik,
itself shifting from foot to foot (The) lieutenant

uprzedzając sokolniczego, chciał zdjąć ptaka,
anticipating (the) falconer wished to remove (the) bird

gdy nagle stał się dziwny omen. Oto raróg,
when suddenly stood itself (a) wonderful omen This falcon

pozostawiwszy jedną nogę na ręku panny,
setting one foot on (the) hand (of the) lady

drugą chwycił się namiestnikowej dłoni i
(the) other caught itself (the) lieutenant's palm and

zamiast przesiąść się, począł kwilić radośnie
instead (of) trensferring itself started to screech joyfully

i przyciągać te ręce ku sobie tak silnie, że
and moved these hands to each other so strong that

się musiały zetknąć.
themselves (they) had to touch

Po namiestniku mrowie przeszło, raróg zaś
At (the) lieutenant (a) tingling went over (the) falcon then

dopiero wtedy dał się przenieść na obręcz, gdy
only after gave itself carry over to (the) rim when
　　　　　(let)

sokolnik nałożył mu kaptur na głowę. A
(the) falconer laid him (the) hood on (the) head And

wtem starsza pani poczęła wyrzekać: — Rycerze! —
then (the) old lady started to speak Knights

mówiła — ktokolwiek jesteście, nie odmawiajcie
(she) said whoever (you) are not refuse

pomocy białogłowom, które zostawszy na drodze
help (to the) whiteheads who left on (the) road
(to the women)

bez pomocy, same nie wiedzą, co począć.
without help self not know what to conceive

Do domu nam już nie dalej jak trzy mile, ale
To home us already not farther as three miles but
(than) fifteen miles

w kolasce osie popękały i chyba nam
in (the) carriage axle cracked and perhaps us
fifteen miles

nocować w polu przyjdzie; woźnicę
(is) to spend the night in (the) field over here (the) coachman

posłałam do synów, by nam choć wóz
(I) sent to (my) sons so that us whatever carriage

przysłali, ale nim woźnica dojedzie i wróci,
(they) sent but us (the) coachman gets there and returns

ciemno będzie, a na tym uroczysku strach
dark (it) will be and on this place (it's) dreadful

zostać, bo tu w pobliżu mogiły.
to stay because here in vicinity (are) graves

Stara szlachcianka mówiła prędko i głosem
(The) old noblewoman spoke rapidly and (with a) voice

tak grubym, że namiestnik aż się zadziwił,
so rough that (the) lieutenant until himself astonished

wszelako odrzekł grzecznie:
however (he) answered politely

— Nie dopuszczajże jejmość tej myśli,
Not allow your-honor this thought

byśmy panią i nadobną jej córkę mieli
(that we) should mylady and likely her daughter had

bez pomocy zostawić. Jedziemy do Łubniów,
without help to leave We go to Lubni
(We are going)

gdyż żołnierzami w służbie J. O. księcia
since soldiers in service (of) His Honor prince

Jeremiego jesteśmy, i podobno nam droga w
Yeremi (we) are and likely our roads in

jedną stronę wypada, a choćby też nie, to
one direction fall out and even if also not then
(the same)

zboczymy chętnie, byle się nasza asystencja
(we'll) deviate gladly as long as yourself our assistence

nie uprzykrzyła. Co zaś do wozów, to ich nie
not makes harder What but to carriage then them not

mam, bo z towarzyszami po żołniersku
(I) have because with friends at soldier-like

komunikiem idę, ale pan poseł ma i tuszę,
on horseback (I) go but Mr. envoy has also (I) think
(does have)

że jako uprzejmy kawaler, chętnie nimi pani i
that as kind cavalier gladly them madam and

jejmościance służyć będzie.
her-honor to serve will

Poseł uchylił sobolowego kołpaka, gdyż znając
(The) envoy removed (his) sable cap since knowing

mowę polską, zrozumiał, o co idzie i
to speak Polish (he) understood about what (it) went and

zaraz z pięknym komplimentem, jako
immediately with beautiful compliment as

grzeczny bojar, wystąpił, po czym rozkazał
(a) polite boyar yielded at what (he) ordered

sokolniczemu skoczyć po wozy, które były
(the) falconer to gallop for (the) wagons which were

znacznie z tyłu zostały. Przez ten czas
significantly with back remained By this time
behind

namiestnik patrzył na pannę, która pożerczego
(the) lieutenant looked at (the) lady who (the) devouring

wzroku jego znieść nie mogąc opuściła oczy na
glance (of) his abolish not able to let (her) eyes to
(cast)

ziemię, a dama o kozackim obliczu tak
(the) ground and (the) lady of (the) Cossack face so

mówiła dalej:
talked further

— Niech Bóg zapłaci imć panom za pomoc. A
Let God reward thou gentlemen for (the) help And

że do Łubniów droga jeszcze daleka, nie
since to Lubni (the) road (is) still far not

pogardzicie moim i moich synów dachem, pod
(you will) despise me and my sons roof under

którym radzi wam będziemy. My z
which gladly we will be We (are) from

Rozłogów-Siromachów, ja wdowa po kniaziu
Rozlogi-Siromakhi I (am) widow for prince
(of)

Kurcewiczu Bułyże, a to nie jest moja córka,
Kurtsevich Bulyga and this not is my daughter

jeno córka po starszym Kurcewiczu, bracie
but (the) daughter for (the) elder Kurtsevich brother
(of)

mego męża, któren sierotę swą nam na opiekę
(of) my husband who (the) orphan his us on care

oddał. Synowie moi teraz w domu, a ja
gave out (The) sons (of) mine now in home and I
(at)

wracam   z   Czerkas,   gdziem   się   do   ołtarza
return   from   Cherkasi   where   myself   to   (the) altar

Świętej-Przeczystej   ofiarowała.   Aż   oto   w   powrocie
Holy-Cleanest   offered   Until   that   in   return

spotkał   nas   ten   wypadek   i   gdyby   nie
happened   us   this   accident   and   if would   not

polityka   waszmościów,   chybaby   na   drodze
(the) politeness   your-honors   (we) surely would   on   (the) road

nocować   przyszło.
(to over-)night   came
  (have to)

Kniaziowa   mówiłaby   jeszcze   dłużej,   ale   wtem   z
(The) princess   said would   still   more   but   in this   from

dala   pokazały   się   wozy
(the) distance   showed   themselves   (the) wagons

nadjeżdżające   kłusem   wśród   gromady
approaching   (at a) trot   in the middle of   (a) crowd

karałaszów   poselskich   i   żołnierzy   pana
(of) retinue   (of the) envoy   and   soldiers   (of) Mr.

Skrzetuskiego.
Skshetuski

— To jejmość pani   wdowa   po kniaziu Wasylu
Then her-honor lady (is the) widow of   prince   Vassily

Kurcewiczu? — spytał namiestnik.
Kurtsevich   asked (the) lieutenant

— Nie! — zaprzeczyła żywo i jakby gniewliwie
No   retorted   lively and as if   angry

kniahini. — Jam wdowa po
(the) princess   (I) am (the) widow of

Konstantynie, a   to   jest   córka   Wasyla,
Constantine   and this is (the) daughter (of) Vassily

Helena — rzekła, wskazując pannę.
Helena   (she) said pointing at (the) young lady

—   O   kniaziu Wasylu wiele w Łubniach
About (the) prince Vassily a lot in   Lubni

rozpowiadają. Był   to   żołnierz   wielki   i
speak   Was this (a) soldier   great   and

nieboszczyka księcia Michała zaufany.
(the) late   prince   Michael's   confidant

— W Łubniach nie byłam — rzekła z pewną
In   Lubni   not   (we) were   said   with   certain

wyniosłością Kurcewiczowa — i o jego
haughtiness   Mrs. Kurtsevich   and   about   his

żołnierstwie nie wiem, a o późniejszych
soldierness   not   (I) know   and   about   (his) later

postępkach nie ma co wspominać, gdyż i tak
acts   not   (I) have   that   to remember   since   also   such

wszyscy o nich wiedzą.
all   about   them   know

Słysząc to kniaziówna Helena zwiesiła głowę na
Listening   then   princess   Helena   hung   (her) head   on

piersi właśnie jak kwiat podcięty kosą,
(the) breast   just   like   (a) flower   cut   (with a) scythe

a namiestnik odparł żywo:
and (the) lieutenant answered   lively
                       (quickly)

— Tego waćpani nie mów. Kniaź Wasyl, przez
This your-honor not (should) say Prince Vassily through

straszliwy error sprawiedliwości ludzkiej skazany na
terrible error (of the) justice (of) men sentenced to

utratę gardła i mienia, musiał się ucieczką
loss (of) life and property must himself (by) flight

salwować, ale później wykryła się jego
save but later discovered itself his

niewinność, którą też promulgowano i do sławy
innocence which also promulgated and to fame

go jako cnotliwego męża przywrócono; a sława
his like (a) virtuous man restored and glory

tym większą być powinna, im większą była
this greater to be should them greater was

krzywda.
(the) injustice

Kniahini spojrzała bystro na namiestnika, a w
(The) princess glanced quickly at (the) lieutenant and in

jej nieprzyjemnym, ostrym obliczu gniew odbił
her   disagreeable   sharp   face   anger   expressed

się wyraźnie. Ale pan Skrzetuski, choć człowiek
itself   clearly   But   Mr.   Skshetuski   though   (a) man

młody, tyle miał w sobie jakowejś powagi
young   much   (he) had   in   himself   such   dignity

rycerskiej i tak jasne wejrzenie, że mu
knightly   and   such   clear   glance   that   him

zaoponować nie śmiała, natomiast zwróciła się
dispute   not   (she) dared   instead   turned   herself

do kniaziówny Heleny:
to   princess   Helena

— Waćpannie tego słuchać nie przystoi. Idź oto
You-miss   this   to listen to   not   befits   Go   there

dopilnuj, aby toboły u kolaski były
make sure   so that   (the) luggage   from   (the) carriage   were

przełożone na wozy, na których z
put over   on   (the) wagon   on   which   with

pozwoleniem ichmościów siedzieć będziem.
(the) permission   they-honors   to sit   (we) are to

— Pozwolisz jejmość panna pomóc sobie — rzekł
Allow   her-honor   (my) lady   to help   you   said
(you)

namiestnik.
(the) lieutenant

Poszli oboje ku kolasce, ale skoro tylko
Went   both   to   (the) carriage   but   (as) soon   only
(as)

stanęli naprzeciw siebie po obu stronach
(they) stood   opposite   each other   on   both   sides

jej drzwiczek, jedwabne frędzle oczu
(of) her   doors   (the) silk   lashes   (of the) eyes

kniaziówny podniosły się i wzrok jej padł
(of the) princess   rose   themselves   and   gaze   her   fell

na twarz porucznika jakoby jasny, ciepły
on   (the) face   (of the) lieutenant   like   (a) clear   warm

promień słoneczny.
ray   (of the) sun

— Jakże mam waszmości panu dziękować... —
How (I) have your-honor sir to thank

rzekła głosem, który namiestnikowi wydał się
(she) said (with a) voice which (to the) lieutenant gave out itself

tak słodką muzyką, jak dźwięczenie lutni i
so sweet (as) music like (the) sound (of) lyres and

fletów — jakże mam dziękować, żeś się za
flutes how (I) have to thank for yourself for

sławę ojca mego ujął i za tę krzywdę,
(the) honor (of the) father (of) mine took also for this harm

która go od najbliższych krewnych spotyka.
which him from relatives (of) blood met
(befell)

— Mościa panno! — odpowiedział namiestnik, a
Honored lady answered (the) lieutenant and

czuł, że serce tak mu taje, jako śnieg na
felt that (the) heart so him melting like snow on

wiosnę. — Tak mi Pan Bóg dopomóż, jakobym
Spring So me (the) Lord God helps as

dla takiej podzięki w ogień skoczyć gotowy albo
for such thanks in (the) fire to rush (I'm) ready or

zgoła krew przelać, ale gdy ochota tak wielka,
simply blood to shed only when (the) desire (is) so great

przeto zasługa mniejsza, dla której małości nie
therefore (the) service (is) smaller for which trifles not
(then)

godzi mi się dziękczynnego żołdu z
(it's) fair to me myself thankful pay from

ust imć panny przyjmować.
(the) mouth (of the) lady to accept

— Jeżeli waszmość pan nim pogardzasz, to
If your-honor Mr. them despise then
{my thanks}

jako uboga sierota nie mam jak inaczej
as (a) poor orphan not (I) have as else
another way

wdzięczności mojej okazać.
(the) gratitude (of) mine to show

— Nie pogardzam ja nim — mówił ze wzrastającą
Not despise I them said with growing

siłą namiestnik — ale na tak wielki fawor
emphasis (the) lieutenant but for such great favor

zarobić długą i wierną służbą pragnę i o
to do long and true service faithful also about
(an) enduring

to tylko proszę, abyś mnie imć panna przyjąć na
this only (I) beg that me miss to accept for
(you) (accept)

ową służbę raczyła.
this service -did-

Kniaziówna słysząc te słowa zapłoniła się,
(The) princess hearing these words lit herself
blushed

zmieszała, potem przybladła nagle i ręce do
was confused then grew pale suddenly and (the) hands to

twarzy podnosząc odrzekła żałosnym głosem:
(the) face raised answered (in a) sad voice

— Nieszczęście by chyba waćpanu taka służba
Unhappiness would perhaps you-sir such service

przynieść mogła.
carry might

A namiestnik przechylił się przez drzwiczki
But (the) lieutenant tipped himself through (the) doors
bent

kolaski i tak mówił z cicha a tkliwie:
(of the) carriage and thus spoke with quiet and feeling

— Przyniesie, co Bóg da, a choćby też i
Bring what God gives and even if too also

ból, przeciem ja do nóg waćpanny
(there is) pain cut through I (will) to (the) feet (of) you-lady

upaść i prosić o nią gotowy.
to fall and to beg for her (I am) ready

— Nie może to być, rycerzu, abyś waćpan dopiero
Not may this be knight that you-sir only

mnie ujrzawszy, tak wielką miał do onej służby
me seeing so great had to this service

ochotę.
(a) desire

— Ledwiem cię ujrzał, jużem o sobie zgoła
(I) barely yourself saw already about myself simply

zapomniał i widzę, że wolnemu dotąd
forgot *and* *(I) see* *that* *(the) freedom* *so far*

żołnierzowi chyba w niewolnika zmienić się
(of a) soldier *maybe* *in* *captivity* *to change* *itself*

przyjdzie, ale taka widać wola boża. Afekt
will come *but* *such* *clearly* *(is the) will* *(of) god* *Affection*
(will)

jest jako strzała, która niespodzianie pierś
is *like* *(an) arrow* *which* *unexpectedly* *(the) breast*

przeszywa, i oto czuję jej grot, choć wczoraj
pierces *and* *there* *(I) feel* *her* *sting* *although* *yesterday*
{voilá}

sam bym nie wierzył, gdyby mi kto
myself *(I) would* *not* *(have) believed* *when-would* *me* *who*
(if) *(someone*

powiadał.
told (it)

— Jeślibyś waszmość wczoraj nie wierzył, jakże ja
If *your-honor* *yesterday* *not* *believed* *how* *I*

uwierzyć dzisiaj mogę?
believe *today* *(I) can*

— Czas o tym najlepiej waćpannę przekona, a
Time about this better you-miss convinces but

szczerości choćby zaraz nie tylko w słowach,
(my) sincerity perhaps immediately not only in words

ale i w obliczu dopatrzyć się możesz.
however also in (the) face to see yourself (you) can

I znowu jedwabne zasłony oczu kniaziówny
And again (the) silk drapes (of the) eyes (of the) princess
{eyelashes}

podniosły się, a wzrok jej napotkał męskie
raised itself and (the) gaze (of) her encountered (a) manly

i szlachetne oblicze młodego żołnierza i
and noble face (of the) young soldier and

spojrzenie tak pełne zachwytu, że ciemny
(his) look so full (of) rapture that (a) dark

rumieniec pokrył jej twarz. Ale nie spuszczała
flush covered her face But not (she) lowered

już wzroku ku ziemi i przez chwilę on
already (the) glance to (the) ground and for (a) while he

pił słodycz jej cudnych oczu. I tak
drank (in the) sweetness (of) her wonderful eyes And so

patrzyli na siebie, jak dwie istoty, które
(they) looked at each other like two beings who

spotkawszy się choćby na gościńcu na
met themselves maybe on (the) high road on

stepie, czują, że się wybrały od razu, i
(the) steppe feel that themselves (the) chose at once and

których dusze poczynają zaraz lecieć wzajemnie ku
whose souls begin soon to fly both to

sobie jak dwa gołębie.
each other like two doves

Aż tę chwilę zachwytu przerwał im ostry
Until this moment (the) delight interrupted them (the) sharp
(At)

głos kniahini Konstantowej wołającej na
voice (of the) princess Constantine's voice to

kniaziównę. Wozy nadeszły. Karałasze
(the) princess (The) carriages (had) arrived (The) attendants

poczęli	przenosić	na	nie	pakunki	z	kolaski
started	to transfer	on	them	(the) packages	from	(the) carriage

i	za	chwilę	wszystko	było	gotowe.
and	after	(a) while	everything	was	ready

Pan	Rozwan	Ursu,	grzeczny	bojar,	ustąpił
Mr.	Rozvan	Ursu	(the) gracious	boyar	gave up

obydwom	niewiastom	własnej	kolaski,	namiestnik
(to) both	women	(his) own	carriage	(the) lieutenant

siadł	na	koń.	Ruszono	w	drogę.
sat	on	(the) horse	(They) moved	in	(the) road

Dzień	też	miał	się	już	ku	spoczynkowi.
(The) day	also	had	itself	already	to	rest (end)

Rozlane	wody	Kahamliku	świeciły	złotem	od
(The) swollen	waters	(of the) Kagamlik	shone	(with) gold	from

zachodzącego	słońca	i	purpury	zorzy.
(the) setting	sun	and	purple	aurora {here: evening light}

Wysoko	na	niebie	ułożyły	się	stada
High	on (in)	(the) heavens (the sky)	arranged	themselves	flocks

lekkich chmurek, które czerwieniejąc stopniowo,
(of) light coulds which reddening gradually

zsuwały się z wolna ku krańcom
slipped themselves with slowness to (the) edge

widnokręgu, jakby zmęczone lataniem po
(of the) horizon as if exhausted (of the) flight on

niebie, szły spać gdzieś do nieznanej
(the) heavens went to sleep somewhere to (an) unknown

kolebki. Pan Skrzetuski jechał po stronie
cradle Mr. Skshetuski rode at (the) side

kniaziówny, ale nie zabawiał jej rozmową,
(of the) princess but not entertained her (with) conversation

bo tak z nią mówić, jak przed chwilą,
because so with her to speak as before (a) while

przy obcych nie mógł, a błahe słowa nie
in front of strangers not could and frivolous words not

chciały mu się przez usta przecisnąć. W
wanted him themselves through (the) mouth to squeeze In

sercu jeno czuł błogość, a w głowie
(the) heart (of) his (he) felt happiness and in (the) head

szumiało mu coś jak wino.
buzzed him something like wine

Cała karawana poruszała się raźno naprzód,
(The) whole caravan moved itself briskly forward

a ciszę przerywało tylko parskanie
and (the) silence broke only (by the) snorting
(was broken)

koni lub brzęk strzemienia o strzemię.
(of the) horses or (the) clank (of) stirrup on stirrup

Potem karałasze poczęli na tylnych wozach
Then (the) attendants started on (the) rear wagons

smutną pieśń wołoską, wkrótce jednak ustali,
(a) sad song Wallachian soon however (they) stopped

a natomiast rozległ się nosowy głos pana
and immediately resounded itself (the) nasal voice (of) Mr.

Longina śpiewającego pobożnie: 'Jam sprawiła na
Longin singing piously (I) am made on
(in)

niebie, aby wschodziła światłość nieustająca,
(the) heavens   so that   came up   to light   unstopping

i jako mgła — pokryłam wszystką ziemię.'
and   as   mist   (I) covered   (the) whole   earth

Tymczasem ściemniało. Gwiazdki zamigotały na
At this time   (it) grew dark   Stars   twinkled   on (in)

niebie, a z wilgotnych łąk wstały białe
(the) heavens   and   from   (the) wet   meadows   rose   white
(the sky)

tumany jako morza bez końca.
mists   like   (a) sea   without   end

Wjechali w las, ale zaledwie ujechali kilka
(They) rode   in(to)   (a) forest   but   hardly   went   some

staj, gdy dał się słyszeć tętent koni i
furlongs   when   gave   itself   to hear   (the) tramp   (of) horses   and

pięciu jeźdźców ukazało się przed karawaną.
five   riders   showed   themselves   before   (the) caravan
appeared

Byli to młodzi kniaziowie, którzy zawiadomieni
Were   these   (the) young   princes   who   informed

przez   woźnicę   o   wypadku,   jaki   spotkał
by   (the) driver   about   (the) accident   as   happened

matkę,   śpieszyli na jej spotkanie prowadząc
(to the) mother   hurrying to her meet bringing

z   sobą   wóz   zaprzężony w cztery konie.
with themselves (a) wagon harnessed in four horses

— Czy   to wy, synkowie? — wołała stara
What   this you sons   called out (the) old

kniahini.
princess

Jeźdźcy przybliżyli się do wozów.
(The) riders neared themselves to (the) wagons

— My, matko!
We mother

— Bywajcie! Dzięki tym oto ichmościom nie
(You) be (here) Thanks (to) these here gentlemen not
{Come over here}

potrzebuję już pomocy. To moi synkowie,
(I) need already help These my sons

których   polecam   łasce   mości   panów:
whom   (I) command   (the) favor   (of you) honored   gentlemen

Symeon, Jur, Andrzej i Mikołaj
Simeon   Yury   Andrei   and   Nikolai

— a   to   kto   piąty?   — rzekła   przypatrując   się
and   then   who   (the) fifth   (she) said   looking   herself

pilnie   — hej!   jeśli   stare   oczy   widzą   po
attentively   hey   if   (the) old   eyes   see   through

ciemku,   to   Bohun   — co?
(the) darkness   then   Bohun   what

Kniaziówna   cofnęła   się   nagle   w   głąb
(The) princess   drew back   herself   suddenly   in   (the) depth

kolaski.
(of) the carriage

— Czołem   wam,   kniahini   i   wam,   kniaziówno
Greetings   to you   princess   and   to you   princely

Heleno!   — rzekł   piąty   jeździec.
Helena   said   (the) fifth   rider

— Bohun! — mówiła stara. — Od pułku
Bogun   said   (the) old (one)   From   (the) regiment

przybyłeś, sokole? A z teorbanem?
(you) arrived   falcon   And   with   (the) lute

Witajże, witaj! Hej, synkowie! Prosiłam już
Hello   hello   Hey   sons   (I) ask   already

ichmościów panów na nocleg do Rozłogów, a
(the) them-honors   sirs   for   lodging   at   Rozlogi   and
the gentlemen

teraz wy im się pokłońcie! Gość w dom,
now   you   them   yourselves   bow   Guest   in   (the) house
you greet

Bóg w dom! Bądźcież ichmościowie na nasz
God   in   (the) house   Be   (the) gentlemen   on   our

dom łaskawi.
house   merciful

Bułyhowie uchylili czapek.
(The) young men   removed   (their) caps

— Prosimy pokornie waszmościów w niskie
(We) ask   humbly   your-honors   in   (our) lowly

progi.
thresholds

— **Już   mi   też   obiecali   i   jego wysokość**
Already me   too   (they) promised both his   highness

pan   poseł,   i   pan   namiestnik.   Zacnych
Mr.   envoy   and   Mr.   lieutenant   (The) virtuous

kawalerów   będziemy   przyjmowali,   tylko   że
cavaliers   (we) will   receive   only   that
                                                    (since)

przywykłym   do   specjałów   na   dworach,   nie
(they are) accustomed   to   specialties   on   castles   not

wiem,   czyli   będzie   smakowała   nasza   uboga   pasza.
(I) know   namely   will   tasted   our   poor   fare

— **Na   żołnierskim   my   chlebie,   nie   na   dworskim**
On   (a) soldier's   we   bread   not   on   (a) castle's

chowani   —   rzekł   pan   Skrzetuski.
are fostered   said   Mr.   Skshetuski
(are reared)

A   pan   Rozwan   Ursu   dodał:
And   Mr.   Rozvan   Ursu   added

— Próbowałem ja już gościnnego chleba w
Tried   I already hospitable   bread   in

szlacheckich domach i wiem, że i dworski
noble   houses   and (I) know that also (the) castle's

mu nie wyrówna.
it not   equalled

Wozy ruszyły naprzód, a stara kniahini
(The) wagons moved   on   and (the) old princess

mówiła dalej:
said   further

— Dawno to, dawno już minęły lepsze dla nas
Long this long already passed (the) better for us

czasy. Na Wołyniu i na Litwie są jeszcze
times On Volynia and on Lithuania are still

Kurcewicze, którzy poczty trzymają i wcale po
Kurtseviches who posts hold and at all on

pańsku żyją, ale ci biedniejszych krewnych
lordly live however these poor relations

znać nie chcą, za co niech ich Bóg skarze.
recognize not want for what let them God (will) punish

U nas prawie kozacza bieda, którą nam
At us real Cossack poverty which us

waszmościowie musicie wybaczyć i szczerym
your-honors must overlook and (with) sincere

sercem przyjąć to, co szczerze ofiarujemy. Ja
heart accept this what (in) sincerity (we) offer (you) I

i pięciu synów siedzimy na jednej wiosce i
and (my) five sons sit on one village and
(live) (in)

kilkunastu słobodach, a z nami i ta jeszcze
some hamlets and with us also this still (also)

jejmościanka na opiece.
her-honor on care
(the young princess)

Namiestnika zdziwiły te słowa, gdyż słyszał w
(The) lieutenant astonished these words since (he) heard in

Łubniach, że Rozłogi były niemałą
Lubni that Rozlogi was no small

fortuną szlachecką,   a   po wtóre,   że   należały   ongi
fortune   noble   and on second that belonged   wings
        estate   secondly

do kniazia Wasyla,   ojca   Heleny.   Nie   zdało   mu
to Prince Vassily (the) father (of) Helena Not seemed him

się   jednak   rzeczą   stosowną   pytać,   jakim   sposobem
itself however (a) thing pertinent to ask   which   mode

przeszły   w   ręce   Konstantyna   i   jego   wdowy.
(they) arrived in (the) hands (of) Constantine and his   widow

—   To   jejmość   pani   pięciu   masz   synów?   —
    Then   her-honor   lady   five   has   sons
                               has five sons

zagadnął pan Rozwan Ursu.
asked   Mr. Rozwan Ursu

— Miałam pięciu jak lwów — rzecze   kniahini —
   (I) had five   like lions   answered (the) Princess

ale   najstarszemu,   Wasylowi,   poganie   w
but   (the) eldest   Vassily   (the) heathens in

Białogrodzie   oczy   wykapali   pochodniami,   od
Belgorod   (the) eyes put out   (with) torches   from

czego mu też i rozum się nadwerężył. Gdy
which him too also (the) mind itself failed When

młodzi pójdą na wyprawę, ja sama w domu
(the) young go on expedition I myself in (the) house

zostaję, z nim tylko i z jejmościanką, z
stay with him only and with her-little-honor with
(the young lady)

którą większa bieda niż pociecha.
who (I have) greater suffering than comfort

Pogardliwy ton, z jakim stara kniahini
(The) contemptuous tone with which (the) old princess

mówiła o swej synowicy, tak był widoczny, że
spoke about her sons so was visible that

nie uszedł uwagi porucznika. Pierś
not escaped (the) attention (from the) lieutenant (The) breast

mu zawrzała gniewem i o mało nie zaklął
(of) him boiled up (in) anger and about little not uttered

szpetnie, ale słowa zamarły mu na ustach, gdy
(an) oath but (the) words died him on (the) lips when

spojrzawszy na kniaziównę ujrzał przy świetle
(he) looked   at   (the) young princess   saw   by   (the) light

księżyca oczy jej zalane łzami...
(of the) moon   (the) eyes   (of) her   flooded   (with) tears

— Co waćpannie jest? czego płaczesz? — spytał
What   your-lady   is   what   (you) cry   asked (he)

z cicha.
with   quietness

Kniaziówna milczała.
(The) young princess   was silent
(remained silent)

— Ja nie mogę znieść łez waćpanny —
I   not   can   endure   (the) tears   (of) your-ladyship

mówił pan Skrzetuski i pochylił się ku niej, a
said   Mr.   Skshetuski   and   bent   himself   to   her   to

widząc, że stara kniahini rozprawia z panem
see   that   (the) old   princess   conversed   with   Mr.

Rozwanem Ursu i nie patrzy w tę stronę,
Rozvan   Ursu   and   not   looked   in   this   direction

nalegał   dalej:
insisted   further

— Na   Boga,   przemów   choć   słowo,   bo   Bóg
On   God   speak   though   (a) word   because   God

widzi,   że   i   krew,   i   zdrowie   bym   oddał,
sees   that   also   blood   and   health   (I) would   give out

byle   ciebie   pocieszyć.
as long as   to you   cheer up

Nagle   uczuł,   że   jeden   z   jeźdźców   napiera   go
Suddenly   (he) felt   that   one   of   (the) riders   pressed   him

tak   silnie,   że   aż   konie   poczynają   się
so   strongly   that   until   (the) horses   started   themselves

trzeć   bokami.
to rub   (the) sides

Rozmowa   z   kniaziówną   była   przerwana,   więc
Conversation   with   (the) princess   was   interrupted   so

pan   Skrzetuski   zdziwiony,   ale   i   rozgniewany,
Mr.   Skshetuski   surprised   but   also   angered

zwrócił się ku śmiałkowi.
turned himself to (the) intruder

Przy świetle księżyca ujrzał dwoje oczu, które
By (the) light (of the) moon (he) saw two eyes which

patrzyły na niego zuchwale, wyzywająco i
looked at him insolently defiantly and

szyderczo zarazem.
mockingly at once

Straszne te oczy świeciły jak ślepie wilka w
Terrible these eyes shone like (a) blind wolf in

ciemnym borze.
(a) dark forest

'Co, u kaduka? — pomyślał namiestnik — bies
What by (the) cadet thought (the) lieutenant (a) demon
the devil

czy co?' — i z kolei zajrzawszy z bliska w
or what and with turn upon seeing from close in
(in)

te pałające źrenice, spytał:
these burning pupils asked

— A czego to waść tak koniem najeżdżasz
And what then you so (with the) horse push

i oczyma we mnie wiercisz?
and (the) eyes in me dig

Jeździec nie odpowiedział nic, ale patrzył wciąż
(The) rider not answered nothing but looked still

równie uporczywie i zuchwale.
equally stubbornly and insolently

— Jeślić ciemno, to mogę ognia skrzesać, a
If (it is) dark then (I) can (a) light strike and

jeślić gościniec za ciasny, to hajda w
if (the) road too narrow then off you go into

step! — rzekł już podniesionym głosem
(the) steppe said already (with) raised voice

namiestnik.
(the) lieutenant

— A ty odlitaj, Laszku, od kolaski, koły
And you fly away Pole from (the) carriage around

step   baczysz — odparł jeździec.
(the) steppe   (you) see   answered   (the) rider

Namiestnik, jako   był   człowiek   do czynu skory,
(The) lieutenant   as   (he) was   (a) man   to   deed   fast
                                      of quick action

zamiast odpowiedzieć, uderzył tak silnie   nogą   w
instead   (of) to answer   struck   so   strongly   (the) foot   in

brzuch   konia   napastnika,   że   rumak   jęknął
(the) side   (of the) horse   (of his) assailant   that   (the) beast   groaned

i   w jednym szczupaku znalazł się   na   samym
and   in   one   pike   found   itself   on   (the) very
                 (moment)

brzegu gościńca.
edge   (of the) road

Jeździec osadził go na miejscu   i   przez   chwilę
(The) rider   reined in   him   on   (the) spot   and   for   (a) moment

zdawało   się,   że   pragnie   rzucić   się   na
(it) seemed   itself   that   desires   to throw   himself   on

namiestnika,   ale   wtem   zabrzmiał   ostry,
(the) lieutenant   but   in this   sounded   (the) sharp

rozkazujący głos   starej   kniahini:
commanding   voice (of the) old   princess

— Bohun, szczo   z   toboju?
Bogun   what is with   you

Słowa   te   miały natychmiastowy skutek. Jeździec
Words   these   had   instantaneous   effect   (The) rider

zwrócił   konia   młyńcem   i   przejechał   na
turned   (the) horse (with a) whirl   and   passed   to

drugą   stronę   kolaski   do   kniahini,   która
(the) other   side   (of the) carriage   to (the) princess   who

mówiła dalej:
spoke   further

— Szczo   z   toboju? Ej,   ty   nie   w Perejasławiu
What is with   you   Hey you (are) not in   Pereyaslav

ani w   Krymie,   ale w Rozłogach
nor in (the) Crimea but in   Rozlogi

—   bacz   na to.   A   teraz skocz mi naprzód
Pay attention   to   this And   now   jump   me   ahead
(gallop)

i prowadź wozy, bo jar zaraz,
and lead (the) carriages because (the) ravine (comes) soon

a w jarze ciemno. Hodi, siromacha!
and in (the) ravines (it is) dark Hurry on (you) vampire

Pan Skrzetuski równie był zdziwiony, jak
Mr. Skshetuski equally was astonished as

rozgniewany. Ten Bohun widocznie szukał okazji
vexed This Bogun evidently sought (a) quarrel

i byłby ją znalazł, ale dlaczego szukał?
and would be her found but for what (he) sought (it)

skąd ta niespodziewana napaść?
whence this unexpected attack

Przez głowę namiestnika przeleciała myśl,
Through (the) head (of the) lieutenant flew through (the) thought
(passed)

że tu kniaziówna wchodziła do gry, i
that here (the) princess entered (in)to (the) game and

utwierdził się w tej myśli, gdy spojrzawszy na
confirmed himself in this thought when looking at

twarz   jej   ujrzał mimo mroków nocnych,   że
(the) face   (of) her   saw   in spite (of the) dark (of the) night   that

twarz ta była blada jak płótno   i   że widocznie
face   this   was   pale   as   canvas   and that   evidently

malowało się na niej przerażenie.
painted   itself on   her   terror

Tymczasem Bohun ruszył   z   kopyta   naprzód
Meanwhile   Bogun   rushed   with   (the) hooves   ahead

    wedle   rozkazu   kniahini,   która
in accordance with   (the) command   (of the) princess   who

spoglądając za   nim rzekła wpół do siebie, wpół
looking   after   him   said   half   to   herself   half

do namiestnika:
to   (the) lieutenant

— To szalona głowa   i   bies kozaczy.
    This   crazy   head   and   dog   cossack

— Widać,   niespełna   rozumu   — odpowiedział
    (It is) to see   (he is) not full   (in the) mind   answered

pogardliwie pan Skrzetuski. — Czy to Kozak w
contemptuously Mr. Skshetuski What this Cossack in

służbie synów pani?
service (of the) sons (of) Madam

Stara kniahini rzuciła się w tył kolaski.
(The) old princess threw herself in (the) back (of the) seat

— Co waćpan mówisz! To jest Bohun,
What you-sir says This is Bogun

podpułkownik, przesławny junak, synom moim
lieutenant-colonel (a) famous hero (the) sons (of) mine

druh, a mnie jak szósty syn przybrany. Nie może
friend and me as adopted son chosen Not may

też to być, abyś waszmość o nazwisku jego
also this be that your-honor about (the) name (of) his

nie słyszał, bo wszyscy o nim wiedzą. I
not heard because all about him know And

rzeczywiście, panu Skrzetuskiemu dobrze było
indeed Mr. Skshetuski well was

znane to nazwisko. Spośród imion różnych
known this name From among (the) names (of) various

pułkowników i atamanów kozackich wypłynęło
colonels and atamans (of the) Cossacks out-flowed
(came up)

ono na wierzch i było na wszystkich ustach
this one on surface and was on everyones lips
(top)

po obu stronach Dniepru. Ślepcy śpiewali
on both sides (of the) Dnieper Blind men were singing

o Bohunie pieśni po jarmarkach i karczmach,
about Bogun songs on fairs and inns

na wieczornicach opowiadano dziwy o młodym
on evenings told wonders about (the) young

watażce. Kto on był, skąd się wziął, nikt
warlord Who he was whence himself (he) took in no one
(he came)

nie wiedział. To pewna, że kolebką były
not knew This (was) certain that (the) cradles were

mu stepy, Dniepr, porohy i
(of) him (the) steppe (the) Dnieper (the) cataracts and

Czertomelik   ze   swoim   labiryntem   cieśnin,   zatok,
Chertomelik   with   its   labyrinth   (of) straits   bays
(of narrows)

wysp,   skał,   jarów   i   oczeretów.   Od   wyrostka   zżył
islands   rocks   ravines   and   reeds   From   childhood   lived

się   i   zespolił   z   tym   dzikim   światem.
himself   and   communed   with   this   wild   world

Czasu   pokoju   chodził   z   innymi   'za   rybą   i
(In) time   (of) peace   (he) went   with   others   for   fish   and

zwierzem',   tłukł   się   po   zakrętach
beast   battered   himself   through   (the) corners
(hunt)   (the windings)

Dnieprowych,   brodził   po   bagniskach   i   oczeretach
(of the) Dnieper   waded   on   (the) fens   and   reeds

wraz   z   gromadą   półnagich   towarzyszów   —   to
along   with   (a) bunch   (of) semi-nude   comrades   then

znów   całe   miesiące   spędzał   w   głębinach
again   (a) whole   month   spent   in   (the) depths

leśnych.   Szkołą   były   mu   wycieczki   na   Dzikie
(of the) forest   Schools   were   him   (the) excursions   on   (the) Wild
(the raids)

Pola po trzody i tabuny tatarskie, zasadzki,
Fields on flocks and herds (of the) Tatars ambushes

bitwy, wyprawy przeciw brzegowym ułusom, do
battles campaigns against (the) coast Tartar towns to

Białogrodu, na Wołoszczyznę lub czajkami na
Belgorod on Wallachia or (with) boats on

Czarne Morze. Innych dni nie znał, jak na koniu,
(the) Black Sea Other days not knew as on horse

innych nocy, jak przy ognisku na stepie.
other nights as by (the) fire on (the) steppe

Wcześnie stał się ulubieńcem całego
Early (he) became himself (the) favorite (of the) whole
(Soon)

Niżu, wcześnie sam zaczął wodzić innych; i
Lowlands soon alone started to dare others and

wkrótce odwagą wszystkich przewyższył. Gotów
in short (in) daring everyone surpassed Ready
(quickly)

był w sto koni iść choćby do Bakczysaraju
(he) was in hundred horses to go even to Bagche Sarai

i samemu chanowi zaświecić w oczy
and (the) very Khan to light in (the) eyes
(under)

pożogą; palił ułusy i miasteczka,
(a) fire (he) burned Tartar towns and villages

wycinał w pień mieszkańców, schwytanych
cut out in (the) root (the) inhabitants captured
exterminate

murzów rozdzierał końmi, spadał jak burza,
mores ripped (with) horses fall like (a) tempest
(pulled apart)

przechodził jak śmierć. Na morzu rzucał się jak
passed by like death On (the) sea threw himself like

wściekły na galery tureckie.
mad on (the) galleys Turkish
(of the Turks)

Zapuszczał się w środek Budziaku, właził, jak
(He) let go himself in (the) middle (of) Budjak climbed in like
He swept down {Tartar town}

mówiono, w paszczę lwa. Niektóre jego
(they) say in (the) maw (of the) lion Not few (of) his
(Some)

wyprawy były wprost szalone. Mniej odważni, mniej
expeditions were simply madness Less daring less

ryzykowni konali na palach w Stambule lub gnili
risky perished on stakes in Istambul or rotted

przy wiosłach na tureckich galerach — on zawsze
by (the) oars on Turkish galleys he always

wychodził zdrowo i z łupem obfitym. Mówiono,
came out healthy and with loot abundant (They) said

że zebrał skarby ogromne i że trzyma je
that (he) gathered treasures immense and that holds them

ukryte po Dnieprowych komyszach, ale też
concealed on (the) Dnieper reeds but also

nieraz go widziano, jak deptał zabłoconymi
not-once him (they) had seen how (he) trampled (the) muddy
(often)

nogami po złotogłowiach i lamach, koniom
feet on gold-heads and (gold)plates (with the) horse

słał kobierce pod kopyta albo jak, ubrany w
spread carpets under (the) hoofs or like dressed in

adamaszki, kąpał się w dziegciu, umyślnie
satin bathed himself in tar on purpose

kozaczą pogardę dla onych wspaniałych tkanin
(for the) Cossack contempt for those lordly fabrics

i ubiorów okazując. Miejsca długo nigdzie nie
and clothes to show Places long nowhere not

zagrzał. Czynami jego powodowała fantazja.
warmed up Acts his were caused (by his) imagination
(stayed at) His deeds

Czasem przybywszy do Czehryna, Czerkas lub
At times visiting -to- Chigirin Cherkasi or

Perejasławia hulał na śmierć z innymi
Pereyaslav (he) frolicked to death with other

Zaporożcami, czasem żył jak mnich, do ludzi
Zaporojians at times (he) lived like (a) monk to people

nie gadał, w stepy uciekał. To znów
not spoke in(to) (the) steppe escaped Then again

otaczał się ślepcami, których grania i
surrounded himself (with) blind (minstrels) whose stories and

pieśni po całych dniach słuchał, a samych
songs for whole days (he) listened to and (with) just

złotem obrzucał. Między szlachtą umiał być
gold threw over Among nobles (he) knew how to be

dwornym kawalerem, między Kozaki najdzikszym
(a) palace cavalier among Cossacks (the) wildest

Kozakiem, między rycerzami rycerzem, między
(of) Cossacks among knights (a) knight among

łupieżcami łupieżcą. Niektórzy mieli go za
robbers (a) robber Some had him for
(held)

szalonego, bo też i była to dusza
insane because too also was this spirit

nieokiełznana i rozszalała. Dlaczego na świecie
uncontrollable and crazy For what on (the) world

żył i czego chciał, dokąd dążył, komu
(he) lived and what (he) wanted whither (he) strove whom

służył — sam nie wiedział. Służył stepom,
(he) served himself not (he) knew (He) served (the) steppe

wichrom, wojnie, miłości i własnej fantazji. Ta
windstorms war love and his own imagination This

właśnie fantazja wyróżniała go od innych
of his fantasy distinguished him from other
(fancy)

watażków grubianów i od całej rzeszy
leaders rude and from (the) whole herd

rozbójniczej, która tylko grabież miała na celu i
(of) robbers which only plunder had on target and

której za jedno było grabić Tatarów czy swoich.
who for one (it) was to rob Tartars or their own
(the same)

Bohun brał łup, ale wolał wojnę od zdobyczy,
Bogun took plunder but preferred war to pillage

kochał się w niebezpieczeństwach dla własnego
loved himself in dangers for own

ich uroku; złotem za pieśni płacił, za sławą
their charm (with) gold for songs paid for glory

gonił, o resztę nie dbał.
(he) hunted about (the) rest not (he) cared

Ze wszystkich watażków on jeden najlepiej
From all leaders he alone (was the) best

uosabiał Kozaka-rycerza, dlatego też pieśń wybrała
epitomized (the) Cossack-knight for this also song chose

go sobie na kochanka, a imię jego
him itself on lover and (the) name (of) his
      (as)

rozsławiło się na całej Ukrainie.
made famous itself on (the) whole (of) Ukraine
            (in)

W ostatnich czasach został podpułkownikiem
In (the) last times (he) became under-colonel
                          (lieutenant-colonel)

perejasławskim, ale pułkownikowską władzę
(of) Pereyaslav but (a) colonel's power

sprawował, bo stary Łoboda słabo już
(he) exercised because (the) old Loboda weakly already

trzymał buławę krzepnącą dłonią.
held (the) baton (in his) stiffening hand

Pan Skrzetuski dobrze tedy wiedział, kto był
Pan Skshetuski well (by) then knew who was

Bohun, a jeśli pytał starej kniahini, czy to
Bogun and if (he) asked (the) old princess whether this

Kozak w służbie jej synów, to czynił to
Cossack in (the) service (of) her sons (was) then (he) did so

przez umyślną pogardę, bo przeczuł w nim
through thought out contempt because (he) felt in him
(intended)

wroga, a mimo całej sławy
(an) enemy and in spite (of) all (the) reputation

watażki wzburzyła się krew w
(of the) Cossack leader agitated himself (the) blood in

namiestniku, że Kozak poczynał sobie z
(the) lieutenant since (the) Cossack started off himself with

nim tak zuchwale. Domyślał się też, że
him so insolently (He) understood himself also that

skoro się zaczęło, to się na byle czym
since itself (it) started then itself for as long as what(ever)

nie skończy. Ale cięty to był jak osa
not would end But cut so (he) was like (a) wasp
(unbending)

człowiek pan Skrzetuski, dufny aż nadto w
human Mr. Skshetuski self-confident until moreover in

siebie   i   również nie cofający się   przed niczym,
himself and   equally   not   yielding   himself before   nothing

a   na   niebezpieczeństwa chciwy prawie. Gotów
and   for   danger   eager   truly   Ready

był   choćby   i   zaraz wypuścić konia   za
(he) was   even if   also   now   let out   (the) horse   after

Bohunem, ale jechał przy boku kniaziówny.
Bogun   but (he) rode   by   (the) side (of the) princess

Zresztą   wozy   minęły   już   jar   i   z
From-rest (the) wagons   passed   already (the) ravine and   from
(Besides)

dala ukazały się światła w Rozłogach.
far   showed   itself (the) lights in   Rozlogi

www.ingramcontent.com/pod-product-compliance
Lightning Source LLC
Chambersburg PA
CBHW071253250626
47159CB00004B/1160